Para Sempre, PARA TODO o Sempre

Para Sempre, PARA TODO *o Sempre*

AMANDA BOREL

PandorgA
NACIONAL
2016

Direção Editorial
Silvia Vasconcelos

Produção Editorial
Equipe Editora Pandorga

Preparação
Inari Jardani – Elo Editorial

Revisão
Márcio José Barbosa

Diagramação
Abreu's System

Composição de capa
Marco Mancei

Texto de acordo com as normas do Novo Acordo Ortográfico da Língua Portuguesa (Decreto Legislativo nº 54, de 1995)

Dados Internacionais de Catalogação na Publicação (CIP)
Ficha elaborada por: Tereza Cristina Barros – CRB-8/7410

Borel, Amanda
Para sempre, para todo o sempre / Amanda Borel. – 1.ed. – São Paulo : PandorgA, 2016.
160 p. ; 14 x 21 cm

ISBN 978-85-8442-112-1

1. Romance brasileiro I. Titulo.

13.11/040-2015 CDD-869.93

2016
IMPRESSO NO BRASIL
PRINTED IN BRAZIL
DIREITOS CEDIDOS PARA ESTA EDIÇÃO À
EDITORA PANDORGA
AVENIDA SÃO CAMILO, 899
CEP 06709-150 – GRANJA VIANA – COTIA – SP
TEL. (11) 4612-6404

WWW.EDITORAPANDORGA.COM.BR

Prólogo

Março de 2010

— Está decente, amiga? — Duda perguntou do outro lado da porta. Faltava meia hora para eu me casar, em um quarto reservado para noivas e madrinhas; Rafael estava do outro lado do hotel. Escolhemos um que fazia esses eventos para nos casarmos. Eu ainda não estava com o vestido, somente com meus sapatos extremamente altos, minha lingerie e um espartilho combinando com a lingerie.

— Estou só de lingerie, mas você pode entrar, sua boba. — Fui em direção à porta, e quando abri, dei de cara com Rafael, e, logo atrás dele, Duda. — Rafa, o que está fazendo aqui? Não pode me ver, amor, dá azar. — Ele me olhou de cima a baixo e voltou para meus olhos.

— Ah, não! Tente me impedir. — Ele passou por mim, fez um sinal para Duda ficar do lado de fora do quarto, me puxou e fechou a porta atrás de si.

— O que você quer comigo que não pode esperar até termos dito sim para o juiz, hein? — Cheguei perto dele, ele também não estava arrumado. Estava usando apenas uma calça jeans e chinelos, seu peito maravilhoso e definido todo à mostra para mim. Passei a mão em sua cintura e ele me abraçou.

— Só queria te ver, te tocar, te cheirar. — Conforme falava, sua voz suave fazia carícia em meu ouvido e ele fazia tudo. — Ainda como minha noiva, porque a próxima vez que te segurar nos braços, você será minha esposa querida, amada, idolatrada. — Seus lábios estavam brincando com a pele do meu pescoço.

— Também posso me aproveitar do meu noivo antes que ele seja meu marido? — perguntei já ofegante por causa do seu toque. Suas mãos apertaram minha cintura.

— Totalmente. É para isso que ele veio aqui. — Puxei seu pescoço para baixo, Rafa era muito mais alto do que eu, ele se abaixou e nossos lábios se tocaram suavemente. Estávamos somente sentindo nossos hálitos, até que o beijei com paixão; nossas línguas dançavam uma contra a outra, e quando estávamos sem fôlego finalizei o beijo.

— Amor, vai se arrumar e me encontre no salão. Quero você ainda mais lindo e mais maravilhoso, como se isso fosse possível. Espere por mim, vou te encontrar e te fazer um homem decente. — Ele gargalhou lindamente.

— Graças a Deus, pensei que morreria indecente.

— Não! Hoje você sai daqui um homem direito. — Rimos.

— Você também. — Ele ficou sério. Segurou meu pescoço e seu polegar fez o contorno do meu lábio inferior. — Promete que vai ser sempre minha?

— Para sempre, querido, por toda minha vida. Agora vá, te encontro em vinte minutos. — Nós nos beijamos brevemente.

Rafa saiu e Duda entrou para me ajudar a colocar o vestido e finalizar alguns detalhes. Quando estava pronta, a cerimonialista entrou e falou que estava na hora. Meu pai já me esperava na porta do quarto e Rafael já estava no altar me aguardando.

Saímos do quarto e encontrei meu pai, que me abraçou, beijou e me disse o quanto eu estava linda. Ele também não estava nada mal. Fomos para o salão, Duda entrou na frente e se posicionou no altar. Quando ouvi a marcha nupcial, pensei que meu coração sairia pela boca, mas ele aguentou firme e entrei com meu pai, sorrindo para todos. Até que meus olhos se voltaram para meu maravilhoso Rafael, que estava perfeito, então todo o resto desapareceu. Eu só tinha olhos para ele.

Ele gesticulou com os lábios um "eu te amo", e eu sorri para ele. Ele me encontrou na metade do caminho, cumprimentou meu pai e fomos para a frente do juiz, que nos casou muito rápido. Desconfiei que Rafael tivesse pedido a ele para ser o mais breve possível, pois antes que eu pensasse algo, ele já nos anunciava como Sr. e Sra. Rebouças, então falou que poderíamos nos beijar.

Rafa me segurou e me beijou com amor e ternura. Sua língua viajava com a minha e nós nos deliciávamos com a sensação incrível que nos cercava. Quando nos separamos, ele falou:

— Enfim, depois de insistir muito, você agora é minha.

— Eu já era sua antes disso tudo.

— Agora é oficial, você é minha Giovanna Rebouças, somente minha. E eu quero consumar esse casamento.

— Seu tarado. — brinquei.

— Agora sou o seu tarado. Vamos.

CAPÍTULO 1

Giovanna — Janeiro de 2015

Hoje, a manhã no bistrô foi o que podemos definir como loucura. Um dos meus melhores garçons ficou doente e não veio. Minha *chef* adorada está passando por uma crise em seu relacionamento completamente autodestrutivo. É tão óbvio que seu namorado está com ela simplesmente por causa de seu dinheiro e seu prestígio no mundo gastronômico, somente ela não vê.

Então hoje eu vou servir, porque sem o Mauricio esse salão fica uma loucura. Minha *subchef* assumiu, ela é boa, treinada pela melhor, mas como ainda falta algo, sei que hoje será complicado. Hoje uma empresa nova iniciou seus trabalhos em um escritório aqui na região; pelo que ouvi, uma importadora e o que sei é que, com certeza, teremos novos clientes. Estou na Av. Engenheiro Luís Carlos Berrini, em uma esquina com a Rua Geraldo Flausino Gomes, que é uma região ótima, com muitas empresas e ótimos lugares para almoçar. Os clientes são disputados a unha, mas sempre penso que, se o serviço for tão bom quanto a comida e o ambiente, consigo conquistar meu cliente.

É com esse pensamento que consegui evoluir de um pequeno bistrô para uma rede de nove em toda São Paulo. Eu ofereço um ótimo serviço, um pouco diferente do bistrô original da França. Eu tenho um cardápio simples para meus clientes que têm pressa; para os que não têm, minha *chef* vai até mesa e eles fazem seu pedido personalizado.

Minha cozinha é fantástica, minhas cozinhas, na verdade; eu segui um padrão para todas, tenho de tudo. Meus fornecedores são os melhores da cidade, eu mesma escolhi todos a dedo e não os troco por nada neste mundo. Meus funcionários são espetaculares, eu entrevisto meus gerentes e subgerentes uma vez por semana para verificar como todos estão trabalhando. Tenho minha equipe de RH, mas tem alguns detalhes com os quais eu gosto de lidar, e as pessoas que trabalham para mim, com certeza, merecem meu tempo. Acredito que funcionário que trabalha feliz encanta o cliente, e essa tem se tornado minha realidade desde que comecei.

Os ambientes, em todos os nove bistrôs da rede Lapreve, são iguais, todos seguem o mesmo estilo. Gosto de alternar modernidade explícita com sofisticação antiquada: tenho uma parte completamente futurista com cadeiras transparentes e mesa em alumínio branco, assim como tenho mesas de madeira com cadeiras em estofado florido. Meu bar, no fundo do salão, é em madeira bege-clara, assim como minhas prateleiras para colocar bebidas, tenho um *barman* o tempo inteiro trabalhando. Já meu piso é branco e preto em porcelanato brilhante, e minha decoração é feita especialmente por minha pintora favorita: Eduarda Andrade, a Duda. Ela é uma poeta com seus desenhos. Ela é moderna, espontânea e sua personalidade aparece aonde quer que ela coloque suas mãos. E, claro, ela é minha melhor amiga.

Nos conhecemos na faculdade, ela fazia Artes e eu, Gastronomia. Em uma palestra horrorosa sentamos juntas e acabamos conversando. Depois fomos encontrando afinidades e nossa convivência foi se intensificando, e, de repente, estávamos dividindo o apartamento no segundo semestre da faculdade, que terminamos depois de longos quatro anos. Depois da faculdade concluída, viajamos para fora do país por um ano, ficamos na Europa, indo a vários países, juntando toda a informação e conhecimento para nossas vidas e nossas áreas profissionais. Voltamos, e com a ajuda do meu pai e dos pais dela, eu montei meu primeiro bistrô e ela, sua galeria.

Duda e eu vivemos, por anos, nossas vidas como bem entendíamos. Curtimos, bebemos, beijamos, transamos sem julgamentos, sem pudor, era apenas viver. Até que tudo mudou, para nós duas. Duda engravidou e trouxe ao mundo a pessoinha mais linda que já vi em minha vida; Bruno hoje tem quatro anos e ainda é o ser mais perfeito que já vi. E eu... bom, é uma longa história.

Voltando ao presente, o bistrô ainda está uma loucura. O horário do almoço chega e, sem minha *chef* e meu melhor garçom, espero que, no mínimo, permaneça movimentado. As pessoas vão chegando e minha hostess, Camila, os recebe muito bem. Ela é uma garota linda, sofisticada, e atrai muitos clientes com sua simpatia. Os pedidos começam a serem feitos, e a cozinha ferve. Algumas mesas solicitam minha *chef*, e ela até que desempenha um ótimo serviço, um pouco insegura, mas o faz.

As portas são abertas novamente, e muitos homens e mulheres entram juntos, com certeza são da empresa nova no bairro. Eu conto sete homens e quatro mulheres, todos muito bem vestidos. Olho para os lados e não há ninguém para servi-los, então eu vou. Pego meu *tablet*, que todos os garçons usam, pois tenho um programa que faz a comunicação direta entre as mesas e a cozinha, assim, quando termino de anotar os pedidos, todos na cozinha sabem o que fazer. Vou até a mesa para a qual a hostess os encaminhou, então eles falam que, na verdade, estão em doze pessoas, pois o chefe chegará nos próximos minutos. Eles preferem esperá-lo, então sirvo a cada um nossa entrada: um pequeno copo com uma mistura de saquê e frutas, apenas para abrir o apetite, e uma salada servida em um pequeno prato de porcelana com um molho. Essa entrada não é cobrada e é um diferencial.

Volto para a cozinha, mas logo sou chamada na mesa novamente. Agora estão todos presentes e prontos para fazerem os pedidos. Chego na mesa, os que estavam presente já me conhecem, pois me apresentei como a garçonete deles, então falta apenas um para me apresentar. Quando procuro o rosto diferente, Deus do céu, ele é simplesmente lindo. De repente esqueci como respirar, parece que o ar deixou de fazer seu caminho normalmente. Fiquei PARALISADA. Um rosto maravilhoso; queixo arredondado com um furinho bem no meio; barba de dois dias; boca média, com o M perfeito desenhado na parte de cima; lábios carnudos e vermelhos; nariz reto e comprido; olhos azuis, não simplesmente azuis, mas a cor mais brilhante e perfeita que eu já vi; sobrancelhas estreitas; cabelos castanhos-claros, lisos, com um corte moicano bagunçado e jogado na testa. Meu. Deus. Do. Céu.

Depois do choque inicial, eu destravei e dei meu melhor sorriso. Mas o melhor da história é que eu fiquei com a impressão de que também o paralisei por alguns segundos. Ele sorriu pra mim e, mais uma vez, meu mundo deu uma balançada. Ele tem dentes perfeitamente brancos, retos, com os dois da frente um pouco maiores do que os outros, que davam todo charme, e duas covinhas lindas bem perto do final dos lábios. Simplesmente divino.

Anotei o pedido de todos e o deixei por último. Quando chegou sua vez, a voz que saiu foi como trovão, grossa, firme e baixa. Seu pedido foi simples: uma carne com massa e uma salada, e, para beber, um refrigerante. Anotei tudo, pedi licença e me afastei, não sem antes olhar mais uma vez sobre o ombro e o vir olhando também, com um meio sorriso no rosto.

Na cozinha, todos já faziam os pedidos da mesa, e organizavam no carrinho para que eu levasse até lá. Um garçom, Ricardo, ficou livre e assumiu a mesa pra mim, então eu voltei a coordenar os pedidos que foram feitos diretamente à nossa *subchef,* quando meu telefone tocou, o peguei e vi a foto de Duda na tela.

Fazia exatamente uma semana e meia que não nos falávamos. Ela saiu de férias com o Bruno, e nossos horários não conciliavam para conversarmos, por isso pedi licença e saí para o *lounge* externo do bistrô. Era meu lugar preferido, sofás contornavam quase todo o espaço, e havia pequenos bancos removíveis, árvores e uma pequena fogueira artificial para quando o tempo estava mais frio. O lugar estava quase vazio, com apenas algumas pessoas sentadas fumando. Atendi.

— Ei, Duda! Saudades, amiga. — Ela estava eufórica.

— Gi, minha flor, desculpe a demora. — Ela gritava e tinha um barulho de vento batendo contra seu celular.

— Duda, hello! Sou eu, não precisa se desculpar. — Sentei-me.

— Gi, aqui é simplesmente divino, paraíso infantil, e o Bruno está amando tudo, amiga. Ele está me dando uma canseira anormal, eu deito na cama e durmo em menos de dois minutos. Esse menino é muito ligado. — Eu sorri com o eufemismo usado na descrição de Bruno. Ele, na verdade, é um furacão em forma de criança.

— Eu sei como ele é, lembra? Passei uma semana com ele em Porto Rico, e quase me afoguei em uma praia.

Duda deu uma gargalhada do outro lado.

— O Bruno é assim mesmo, mas estamos amando cada minuto aqui na Disney, ele não tem medo de nada. Uma loucura.

— Imagino. Esse passeio tinha que ser com a mãe dele mesmo. — Ela riu novamente.

— Confesso que, depois de tanto tempo com os avós, fica até difícil controlá-lo, mas nada que uma voz mais firme ou uma pequena ameaça não resolva. — Agora foi minha vez de gargalhar.

— Imagino suas negociações com ele: "Fica quietinho que a mamãe não conta para a vovó". — Gargalhei novamente.

— Engraçadinha, tenho meus truques com o garoto. Mas, mudando de assunto, conta como está tudo por aí?

Sei bem o que ela perguntou e meu humor muda.

— Tudo igual. — Puxei uma longa respiração. — Duda, é muito deprimente, para nós dois. Não sei mais o que fazer, o que pensar, ele continua com aquelas ideias e estou ficando quase louca só de pensar.

— Mas está, ao menos, cogitando? Entenda o lado dele, Gi — ela tentava argumentar.

— Eu tento entender, mas eu não sou tão frágil quanto ele pensa. Por que toda essa preocupação no depois? É tão difícil. — Duda suspirou do outro lado, ela entendia bem toda a situação.

— Eu sei, Gi, mas cogite ao menos, você tem carta branca.

Sorrio lembrando da mesa que atendi.

— Hoje eu até cogitei, quando atendi uma mesa com um deus sentado.

— Sério? Lindo assim? — Duda ficou empolgada. Fechei os olhos para imaginar o príncipe.

— Lindo, Duda, até esqueci como respirar quando fiquei perto dele.

— Caramba, tira uma foto e me manda.

— Ficou louca, Duda? Não tenho essa cara de pau que você tem, não, sua maluca.

— Certo, certo, então conta como ele é. É parecido com alguém que eu conheça?

— Não, ele até lembra um ator, mas não lembro o nome agora. Ele é o pecado em forma de pessoa, e eu senti aquele friozinho diferente. — Eu o descrevi para ela.

— Uau! Preciso de uma foto. Depois você acessa as câmeras de segurança e envia uma pra mim, isso pode, né? —

Não tinha pensado nisso ainda, mas até que era possível.

— Tudo bem, mando mais tarde. Meu chefe de segurança vai amar o trabalho extra que lhe darei. — Ela riu.

— Se for aquele príncipe moreno que conheço bem, deixa que eu mesmo mando uma mensagem para ele.

Levantei.

— Você ainda está com ele, Duda? — Duda tinha uma queda por qualquer homem que tivesse mais músculos do que o ator Dwayne Johnson, e Caio era bem parecido com ele.

— Não mais, Gi. Ele estava começando a querer mais, e você sabe que ainda não estou pronta para me aquietar. — Duda nunca estava pronta para relacionamentos sérios. Depois da decepção com o pai do Bruno, que não quis saber nem dela, nem dele; ela passou a usar os homens e nunca, nunca quis nada sério depois dele.

— Claro. Por isso ele está tristinho por esses dias.

— Sério? Depois converso com ele novamente, mas nunca prometi nada.

— Eu sei, Duda. Você é uma vadia, mas uma vadia consciente.

Ela riu.

— Certo, quero você vadia também, e comece com o gostoso do bistrô.

— Ah, ah, engraçadinha. — Ricardo me chamou, eu apontei o dedo para ele indicando que demoraria um minuto, e voltei para a ligação. — Tenho que ir, Duda, estão precisando de mim. — Já voltando para dentro, meus olhos encontraram os do deus sentado à mesa, e ele me deu um sorriso marcante.

— Juro que ligo depois. E, Gi... — ela fez uma pausa — cogite a possibilidade de sair com o bonitão e relaxe um pouco. Quero minha amiga feliz quando eu voltar, não essa pessoa quase vazia e sem felicidade que você se tornou.

— Tudo bem, Duda, me liga quando conseguir novamente. Te amo, minha amiga.

— Também te amo, manda um beijo para ele.

— Mando sim, vários. — Desligamos, e fui ver o que o Ricardo queria. Era um problema na mesa do deus. Pediram uma sobremesa, mas chegou outra. A solução seria somente trocar, porém aconteceu com seis pessoas, então o garçom ficou louco, porque, com certeza, ele não errou seis vezes. Fui até a mesa onde os ânimos estavam exaltados, e, claro, o cliente tem sempre a razão, mesmo que não tenha.

— Olá. Aconteceu uma pequena confusão com as sobremesas? — Esperei a resposta, que veio de uma mulher muito bem-arrumada, porém mal-educada.

— Minha filha, eu chamei o gerente. Por favor, será que todos aqui são estúpidos? — Ela olhou para um colega. — Por isso que o garçom é tão idiota, deveriam despedi-lo. — Eu odeio pessoas que, por sua posição social, desmerecem outras. Odeio fazer o que vou fazer, mas é necessário.

— O garçom em questão é o que me substituiu. Ele é muito profissional, mas peço desculpas por seu erro, raramente acontece, infelizmente aconteceu com vocês. Vendo que não conseguiria resolver, ele decidiu me chamar pessoalmente. — Olhei para todos na mesa, que olhavam emudecidos pra mim. — Ele me tirou de uma ligação pessoal para resolver o problema de vocês. Achei muito sensato, da parte dele, mesmo tendo que interromper a patroa para resolver um problema. — Agora todos estavam de boca aberta. — Não costumo me apresentar a todos, mas eu sou a proprietária do bistrô, Giovanna Rebouças, e vim pessoalmente resolver a questão de vocês. — Adoro a cara de algumas pessoas quando me apresento. Claro, sou nova, tenho 29 anos, então ninguém imagina que eu seja a dona de tudo.

— Então, você deveria escolher melhor seus funcionários — falou a abusada. Eu só sorri ironicamente para ela.

— Bom, o Ricardo, o garçom, como eu disse, é muito profissional, mas vou conversar com ele e tentar entender o erro, mas isso fica para depois, pois agora quero resolver a questão das sobremesas. Peço desculpas novamente e, claro, vou substituir tudo o que veio errado. — Peguei o *tablet* e comecei a anotar tudo. — Toda a sobremesa da mesa será cortesia, e ofereço, também, mais um almoço a todos os que estiveram aqui hoje, no dia que escolherem e o prato que escolherem. Com licença, espero que aproveitem o final da refeição.

Saí da mesa deixando todos ainda de boca aberta, menos o chefe bonitão, que só sorria discretamente. Fui para a cozinha onde já estavam preparando as novas sobremesas. Encontrei Ricardo triste, ele é o segundo melhor, um senhor de 50 anos, muito educado e raramente erra nos pedidos.

— Ricardo — o chamei.

— Dona Giovanna, peço desculpas pela confusão, quero que desconte tudo do meu salário. — Eu o interrompi antes de terminar de falar, coloquei a mão em seu ombro para tentar reduzir seu desespero.

— Ei, Ricardo, sei que não foi culpa sua. Você nunca erra, meu querido, fica tranquilo, não vou descontar nada. — Ele ficou aliviado.

— Eu tenho certeza que eles se confundiram com o nome da sobremesa, e quando chegou diferente do que imaginavam, a confusão estava armada. — Era o que eu tinha pensado também, era fácil para quem não conhece fazer confusão, por isso sabia que ele não tinha errado.

— Eu sei que foi exatamente isso, fique tranquilo. Melhore seu humor, porque cara triste não combina com você.

— Obrigado, dona Giovanna, a senhora é a melhor patroa do mundo. — Ele saiu antes de eu falar que não era verdade. Estava sorrindo pelo que ele disse, quando virei e dei de cara com o bonitão, em pé, me olhando do outro lado da cozinha. Ele apontou pra mim demonstrando que queria falar comigo. Obriguei-me a ficar calma, e caminhei até ele.

CAPÍTULO 2

Eric

Esse último mês simplesmente foi uma loucura. Abrir uma filial é um aprendizado que vou levar para o túmulo; se não quer trabalhar, nem pense em expandir. Agora, se está na chuva e quer se molhar, o melhor é se preparar, porque é pedreira atrás de pedreira.

Encontramos um lugar perfeito para o escritório, amplo, com grandes salas. Nosso comércio se resume a China e Índia. Importamos produtos eletrônicos e serviços de tecnologia, só trabalhamos com *business-to-business*. Temos nossos clientes fixos, mas sempre procuramos mais, e, até agora, conseguimos.

A empresa começou comigo e meu sócio, meu grande amigo Bernardo. Trabalhamos muito para conseguir levantar a empresa do zero, depois que saímos da faculdade. Eu fiz Administração e ele, Comércio Exterior. Assim, a Oliver Baker Corporation nasceu. Eu fico no Brasil cuidando de tudo, e ele viaja e resolve nossos problemas, além de, é claro, arrumar novos clientes, aquele cara tem o dom. Em menos de dois anos tínhamos mais de trinta empresas para as quais importávamos produtos e serviços, hoje temos, aproximadamente, setenta empresas. São muitos clientes, muitos problemas para resolver, por isso nossa equipe também cresceu muito, e eu resolvi abrir o escritório em um lugar diferente. Nossa sede fica na Vila Leopoldina, Zona Oeste de São Paulo, então resolvemos expandir para um lugar que, aparentemente, é bom para reuniões e aquisições. Só aqui temos trinta funcionários, onze estão na diretoria, divididos em cargos diversos, e o restante é o pessoal do telemarketing, que também gosto que fique conosco.

Minha empresa é um bom lugar para trabalhar. Gostei de quase todas as contratações, exceto, lógico, de quem já me envergonhou hoje, em nosso primeiro almoço juntos, Úrsula. Bernardo a pegou uns meses atrás e descobriu que ela era uma boa diretora executiva, então me pediu para dar uma chance, uma vez que ela estava desempregada. Eu a entrevistei e gostei dela, pareceu uma pessoa decidida, firme, e esse era o único cargo que ainda não estava preenchido, por isso resolvi dar a oportunidade. Porém, nos primeiros dias, ela já mostrou uma arrogância que fez com que eu me arrependesse da decisão de contratá-la, mas como estávamos com o prazo apertado, resolvi mantê-la até encontrar outra pessoa. O que ela fez hoje no bistrô foi vergonhoso, e não sei por que, mas fiquei com a impressão de que todos na mesa pareciam compartilhar a mesma opinião, uma vez que somente ela falou e isso não era verdade.

Desde que cheguei no bistrô fiquei de boca aberta com a garçonete que nos serviu. Quando todos a chamaram para anotar os pedidos, senti minhas pernas levemente bambas diante de tanta beleza. Ela tinha uma estatura média, acho que por volta de um metro e sessenta e cinco. Seu rosto era modulado por um queixo fino com um furo no meio, bem parecido com o meu; tinha uma pele bem branquinha, boca carnuda, dentes perfeitos; nariz pequeno e reto, olhos amendoados castanhos, sobrancelha fina; e cabelos levemente ondulados, mais para lisos; de vez em quando ela passava a mão e os deixava bagunçados, e escorrendo pelo rosto, simplesmente perfeitos. O corpo era de parar o trânsito. Pernas grossas e delineadas, bunda perfeita, cintura fina; e seios pequenos, exatamente do jeito que eu gosto. Ela estava usando um vestido de linho — pasmem, eu sei diferenciar tecidos, minha mãe é costureira profissional, então eu cresci no meio de cetim, seda, linho, jacquard, e outros — e o vestido em regata bege, era apertado até a cintura, e, depois de um cinto, solto até os joelhos. Estava de salto alto da mesma cor, e o vestido se modelava a cada curva deliciosa de seu corpo, e eu lutei — sim, lutei — para não ficar tentado a atacar olhando para ela enquanto anotava nossos pedidos.

Ela saiu de perto da mesa depois dos pedidos anotados e, enquanto se dirigia à cozinha, olhou por cima do ombro pra mim. Bingo! Consegui chamar sua atenção. Achei estranho, pois ela estava muito arrumada, e depois de um tempo lá dentro, saiu com o telefone no ouvido e foi ao *lounge* externo do bistrô. Enquanto eu pensava se iria atrás dela ou não, aconteceu a confusão das sobremesas e vi como o garçom saiu desesperado da mesa e foi até o *lounge*. Com certeza, a garçonete era mais do que garçonete. Ela chegou depois de alguns minutos e deixou todos impressionados dizendo que era a dona. Eu conhecia seus bistrôs, eram todos do mesmo estilo, muito sofisticados. Seu nome, Giovanna, combina perfeitamente com ela. Ela contornou a situação perfeitamente defendendo seu funcionário quando a idiota da Úrsula o diminuiu, e eu tinha que ir atrás dela.

Perguntei sobre ela, e ela estava na cozinha. Eu a vi conversando com o garçom, e ela estava sorrindo quando olhou pra mim e parou. Deus, acho que meu corpo adquiriu vida própria, porque eu paralisei ao vê-la sorrir, e ele não quis me obedecer; só consegui apontar e fazer gestos como um imbecil, mostrando que queria falar com ela. Ela falou algo com outro funcionário e veio em minha direção, e agora eu tinha que controlar o nervosismo.

— Oi! Olha, se for pela confusão, peço desculpas. Às vezes acontece devido ao nome da sobremesa. — Eu a interrompi.

— Não é por isso que vim. Eu só queria lhe dizer que aquela tonta que humilhou seu funcionário será repreendida, com certeza. Ela provavelmente não recebeu o mínimo de educação em sua vida e precisa, agora, aprender a tratar bem as outras pessoas. — Seu rosto suavizou quando terminei de falar. Ela me puxou pelo braço para um canto, então me obriguei a caminhar decentemente ao seu lado ignorando seu toque na minha pele, que, por sinal, formigava.

— Olha, eu queria colocar aquela mulher em seu devido lugar. — Ela estava falando baixo, como um tom conspiratório, olhando para os lados, na certa com medo de que alguém a ouvisse. — Odeio quando meus funcionários mais queridos são maltratados daquele jeito, eu já conversei com ele e está tudo bem. Mas eu espero, sinceramente, que um corretivo naquela boba ajude-a a tornar-se uma pessoa melhor. — Ela ficou muito brava, uma leoa defendendo seus funcionários. Enquanto ela falava, gesticulava, então pude ver que não tinha aliança em nenhuma mão; totalmente livre, para minha sorte. Eu segurei o sorriso ao vê-la assim.

— Não sei se um corretivo irá mudar uma vida de educação errada, mas vou tentar, e realmente não precisava nos oferecer tanta cortesia. — Ela fez um gesto com a mão desdenhando, como se fizesse isso o tempo todo.

— Sem problemas, será um prazer recebê-los novamente no bistrô. Quer dizer, quase um prazer. — Ela sorriu novamente, e piscou com um olho.

— Vou tentar não trazê-la da próxima vez, e faço questão de pagar. — Ela riu, novamente, e encostou em meu braço.

— Nada disso, eu cumpro com o que falo. Houve um inconveniente e eu resolvo todos dentro das minhas possibilidades, dentro dos meus bistrôs. — Alguém a chamou e ela conversou por gestos com a pessoa. Droga, teria que me despedir. Ela voltou os olhos pra mim. — Desculpe... — ela começou.

— Você precisa ir, imaginei. Até que horas vocês ficam abertos?

— Ficamos até as oito, de segunda a quinta, e, de sexta a domingo, até as onze. — Era segunda-feira, então eu teria que voltar antes de fechar, se quisesse vê-la; isso também se ela estivesse ali ainda.

— Certo, você ficará aqui hoje? — Puta merda, mais direto impossível. Ela sorriu e olhou bem nos meus olhos, que pareciam atraí-la de alguma forma.

— Sim, hoje tenho muito trabalho a fazer, então fico até fechar. — Dei um sorriso idiota, e, estando perto dessa mulher, parecia algo bem característico meu. Ela deveria me achar um demente, mas tudo bem.

— Então eu volto mais tarde, e se você estiver disponível, podemos conversar mais. — tentei.

— Claro, me procura, estarei por aqui. — Ela olhou, novamente, para a cozinha. — Tenho que ir mesmo. Mas antes, qual é seu nome mesmo?

— Claro. É Eric Oliver. — Ela me estendeu a mão.

— Prazer, Eric Oliver. Oficialmente agora.

— Com certeza, o prazer foi meu, Giovanna Rebouças. — Gostei de como o nome dela dançou na minha língua e, aparentemente, ela também. Voltei para a mesa, peguei a conta e paguei sozinho, afinal, eu convidei, então eu pago. Voltamos para a empresa e chamei Úrsula no meu escritório. Ela entrou rebolando com sua saia de couro apertada. Ela era bonita, tinha um corpão, mas era muito vulgar pra mim. Por uma noite daria certo, mas, a partir do momento em que a contratei, todas as possibilidades foram zeradas. E, depois de hoje, as possibilidades foram para um nível negativo, ela é uma cobra.

— Úrsula, seu comportamento hoje, no almoço, foi revoltante. O erro foi de vocês, que confundiram os nomes das sobremesas, e ainda culparam o pobre garçom. Na verdade, não culparam, no plural, você culpou. Fez todo o escândalo e humilhou o garçom. Esse tipo de comportamento eu não tolero em minha empresa. — Ela ficou vermelha como um pimentão.

— Eu não confundi nada, Eric. Estava descrito errado, e o idio... — Ela parou quando a repreendi com o olhar. — O garçom deveria ter nos avisado sobre a diferença entre ter a massa de um e ser o próprio...

— Não me interessa. De agora em diante, você representa a empresa, caramba, é a diretora executiva, e esse comportamento soberbo não será admitido. Gosto do seu trabalho, mas se não mudar, infelizmente, vou ter que procurar outra pessoa para o cargo. — Ela se alterou.

— Nossa, Eric, tudo por causa de um garçom? — perguntou irritada.

— Não é por ele, é por seu comportamento. — Passei a mão no rosto tentando me acalmar. — Eu fiquei envergonhado por tudo o que falou, e como quase humilhou a dona do bistrô achando que ela era apenas a garçonete. — Ela riu e se recostou na cadeira. Mulherzinha prepotente.

— Entendi, é por causa dela, vi que você foi atrás dela na cozinha. Mas fica tranquilo que vou me comportar direitinho no bistrô da sua querida. — Ela piscou e sorriu. Não era uma boa hora para dizer que ela estava com um pedaço de rúcula em seu dente, então deixei para lá.

— Quero que você mude de atitude, não apenas no bistrô da Giovanna, mas em todos os lugares, senão, rua. — Ela levou a sério, pois parou de sorrir e levantou-se. — Lembre-se, não estou brincando, eu sou o chefe aqui e decido quem é melhor ou pior para representar minha empresa. Agora pode sair.

Ela saiu batendo o pé. Mulher irritante. Vou começar a procurar outro diretor já, ou essa vaca vai acabar me dando dor de cabeça depois. Meu celular começou a tocar e, claro, era Bernardo. Ele estava do outro lado do mundo, mas sempre me ligava para importunar mais do que para falar sobre as negociações.

— Fala, Bernardo.

— Ei, meu amigo monge Eric, como vai? — Eu ri.

— Monge? Sério? — Foi a vez de ele rir.

— Há quanto tempo você não pega alguém? Fala sério, não mente. — Tive que pensar, fazia tempo. Ele está fora há um mês, e, antes disso, estive tão ocupado com a nova filial que quase fiquei maluco, então não estive com ninguém. É, faz muito tempo. — Porra, nem sabe, na certa está fazendo as contas. Eu sei, faz dois meses e meio desde a última loira sarada que pegou naquela balada. — Eu me lembrei dela, realmente um arraso.

— É isso aí, meu camarada, você sabe melhor da minha vida sexual do que eu.

— Isso porque você não tem vida sexual, meu amigo, por isso o estresse todo.

— Quem disse que estou estressado? — Caí sentado em minha cadeira. Girei para olhar a vista da minha janela. Era da cidade movimentada que era São Paulo. Pessoas nas ruas, carros presos no trânsito, moradores de rua andando tranquilamente alheios a toda essa correria. Era essa agitação toda que eu sempre amei aqui. Bernardo continuou.

— Ninguém, eu apenas imaginei, por causa do tempo. Suas mãos não são a mesma coisa que um belo par de coxas, meu amigo.

— Claro que não, mas, ultimamente, têm servido, uma vez que meu sócio está viajando pelo mundo e pegando todas, por ele e por mim. — Ele riu.

— Estou pegando mesmo, meu amigo, muito, de todos os estilos: loira, morena, negra, chinesa.

— Sei bem seus critérios de escolha, basicamente nenhum. — Bernardo é um cara boa pinta, alto como eu, mas bem mais musculoso. Usa uma barba grande, seus braços têm tatuagens, ele tem a pele morena, e é quase careca. Muitos dizem que ele se parece com o ator Vin Diesel, eu também acho, tirando a cara de mau, pois Bernardo tem o semblante do melhor homem do mundo, mas está entre os piores.

— Opa. Você sabe que tenho alguns, sim, mas o que fazer se procuro sempre no lugar certo? E você deveria, também. — Lembrei de Giovanna.

— Estou começando a procurar nos lugares certos.

— Ah, então já tem alguém em vista?

— Sim, e ela é perfeita. Estou completamente envolvido.

— Sério? Envolvido? — Senti a reprimenda, ele era totalmente contra envolvimento.

— Tentado, para ser sincero. É claro que o tempo que estou sem transar só me faz pensar em quanto ela deve ser gostosa na cama. Vou tirar a prova, assim espero, pelo menos.

— Olha só, o garanhão está de volta.

— Quem sabe. Mas, Bernardo, agora vamos falar sério, como estão as negociações por aí?

— Tudo perfeito. Consegui reduzir o custo daquele aparelho que a Adams e Cia sempre precisa. Não estávamos ganhando nada com eles, mas consegui reduzir ameaçando, afinal, apenas nós importamos esse equipamento. Eles aceitaram sem pensar duas vezes, e acho que dará até para repassar a redução. O Adam é nosso melhor cliente, mas depois sentamos e resolvemos pessoalmente. Vou embora depois de amanhã e, possivelmente, com mais um fornecedor daquele equipamento de segurança que está nos custando tão alto. Estou esperando uma resposta.

Eu sabia que Bernardo era um dos melhores negociadores que eu conhecia. O cara é simplesmente fenomenal, consegue reduzir custos, encontra novos fornecedores, nem que para isso fique um, dois meses fora. Ele é bom mesmo no que faz.

— Certo, então, quando chegar, conversamos mais. E sim, Adam é nosso melhor cliente, e merece que repassemos a redução para ele. Mas nos falamos em breve, então, para alinharmos tudo isso.

— Espero que esteja melhor e saciado quando eu chegar ao Brasil.

— Ok, preciso trabalhar. Até mais, meu amigo.

— Até, vagabundo. — Desligou. Ele sempre desligava falando algo que insultasse, típico de Bernardo.

Trabalhei em uns contratos que já haviam passado pelas mãos de todos os responsáveis, então eu só precisaria assinar, mas não consigo, preciso relê-los sempre. Muitos me chamam de *workaholic* por causa disso, mas eu sou apenas cuidadoso. Eu me perdi nas análises, assinei tudo que precisava e, quando vi, eram seis horas da tarde. Droga! Lembrei de Giovanna, queria encontrá-la novamente. Saí do andar, me despedi de Afonso, nosso segurança, e fui para o bistrô, que agora tinha uma música mais alta do que no horário do almoço, mas ainda suave aos ouvidos. O bar estava mais movimentado e o *lounge,* bem mais cheio. Fui direto para o bar, pedi uma cerveja e fiquei sentado sozinho.

Bebi quase tudo, então resolvi perguntar por ela ao *barman.*

— Ei, amigo, marquei com a Giovanna aqui, você sabe se ela ainda está presa no próprio trabalho? — Ele me olhou desconfiado e, depois de uma longa análise, acho que chegou à conclusão de que eu não era um psicopata que tentaria matar a patroa dele; mas nada me preparou para o que ele falou:

— Ela teve uma emergência com o marido. — Oi? — E teve que ir embora. Desculpe, amigo. — ele falou enquanto preparava uma bebida.

O quê? Ela tem um marido? Não pode ser, ela não teria flertado comigo se fosse casada, o *barman* deve ter se confundido.

Peguei meu celular e fiz uma pesquisa sobre ela, já tinha pensado em fazer mais cedo, mas fiquei sem tempo. Coloquei na busca seu nome, fui às fotos e, claro, ela realmente era casada, com um cara simplesmente perfeito, parecia mais velho. Droga, fui estúpido gastando meu tempo pensando nela. Terminei minha cerveja e fui embora, descansar um pouco faria bem. Esquecer Giovanna seria outro bem a fazer.

CAPÍTULO 3

Giovanna

Tive que correr, Rafael tinha uma viagem importante, que pedi muito a ele para não fazer, mas não adiantou, ele é teimoso como uma mula e foi mesmo assim. Foi preparado, e eu não podia me afastar do bistrô agora, então tive que deixá-lo ir sozinho. Quando voltava para casa, me lembrei de Eric, pois ele ficou de passar lá, e nem tínhamos trocado telefone para eu me desculpar. Enfim, me desculparia em outro dia.

Cheguei em casa tão cansada que só consegui tomar um banho; caí na cama de roupão mesmo e cabelo molhado. Dormi feito uma pedra. Acordei apenas com uma mensagem de Rafael dizendo que havia chegado bem e que não era para eu me preocupar. Dormi novamente e só acordei quando o sol já estava alto no céu. Olhei para o relógio e, droga, dormi demais. Já eram quase onze da manhã, e eu ainda teria que ir ao bistrô da Berrini, mais uma vez, para conversar com a Claudia, a *chef* com autoestima baixa. Me arrumei de qualquer jeito: fiz um rabo de cavalo, uma maquiagem leve; coloquei um vestido preto acinturado que adoro, com uma abertura bem no meio do meu peito, o que dava um ar de sensualidade e recatado ao mesmo tempo. Coloquei um sapato *pink* alto e corri para o bistrô. Com o trânsito congestionado, claro que já passava do meio-dia e eu ainda não tinha chegado. Cheguei um pouco depois e já estava lotado.

Olhei as mesas, cumprimentei umas pessoas e avistei o Eric ao longe, ele estava com menos pessoas hoje. Assim que me viu fechou a cara pra mim, e eu não entendi. Quer dizer, é claro que não fiquei ontem aqui para vê-lo; mas não tínhamos marcado, marcado mesmo, tipo um encontro; então não entendi por que tanta raiva. Cumprimentei-o apenas com um aceno de cabeça e fui para a cozinha. Conversei um pouco com Claudia e ela disse que estava tudo bem, marcamos de conversar com calma mais tarde. Meu telefone tocou e fui para fora para atender; era Marcos, um amigo e o fornecedor de peixe que estava me dando muito trabalho nas entregas em um bistrô, não por culpa dele.

— Giovanna, você sabe que eu tento, mas não estou conseguindo, estou quase desistindo.

— Não, você sabe que não vivo sem você, Marcos. Onde vou encontrar peixes como os seus? Por favor, tenha um pouco mais de paciência, estou resolvendo.

— Ela nunca me recebe na hora, enrola, me trata mal, caramba. Gi, você é minha melhor cliente, mas não dá para trabalhar com a Jéssica, ela é o inferno em forma de pessoa.

— Eu sei que sua ex-atual mulher não é fácil, mas ela também é uma das minhas melhores *chefs*, e não quero perder nem você, nem ela.

— Eu já perdi as contas de quanto já tive de perda por causa das birras dela. Mesmo que não seja eu a entregar, ela maltrata qualquer um que for lá por ordens minhas. Gi, não dá mais. Para o bistrô que ela comanda, eu não vou mais entregar.

— Espera até hoje à tarde. Eu vou lá conversar com ela novamente. Vou ameaçá-la, mas eu não posso te perder. — Estava caminhando de um lado para o outro enquanto falava com Marcos, quando senti, antes de ver, que Eric estava muito perto de mim e, provavelmente, ouviu minha última frase. Ele sorriu e ficou esperando eu terminar a ligação. Marcos ainda reclamou um pouco mais, mas concordou em aguardar até a tarde. No dia seguinte, ele teria que entregar os peixes, logo cedo, onde Jéssica trabalhava, então eu tinha que resolver isso o quanto antes. Desliguei dizendo que ligaria para ele, e me voltei para Eric.

— Sei que está bravo, desculpe. Eu tive uma emergência e não consegui voltar. — Ele balançou a cabeça em negativa com um meio sorriso, muito sarcástico para meu gosto, e me olhou profundamente.

— Quando você iria me contar que é casada?

Era isso, ele descobriu.

— É complicado, Eric, e não vou dar detalhes da minha vida pessoal para você. — Ele riu novamente.

— Sabe? Casamento é um detalhe que considero importante, principalmente depois de sentir você flertar tanto comigo, e até marcar um — ele fez aspas com os dedos — "encontro", acho que eu merecia saber.

— Não marcamos um "encontro". — Fiz o mesmo gesto com os dedos. — Combinamos de nos vermos aqui e só, e também não falo sobre minha vida, Eric. Só posso dizer que é complicado e que, sim, flertei com você, e que estou interessada, não em um relacionamento, mas em uma noite, se você ainda quiser. — Fui direta como nunca antes tinha sido em minha vida. Nunca. Nem eu acreditei no que saiu tão facilmente da minha boca.

— Você trai seu marido? Você é dessas, Giovanna? — ele perguntou com um fio de voz, triste até.

— Já disse que da minha vida pessoal cuido eu. Eu te fiz uma proposta e gostaria de saber se você está interessado ou não. — Ele pareceu tentado, e, ao mesmo tempo, aquilo parecia errado para ele, era errado para todos. Eu o levei para meu escritório, entramos e fechei a porta atrás de mim. Ele foi andando em direção a uma janela, e não olhou para trás. Era agora ou nunca. Eu tremia mais que tudo.

Aproximei-me por trás dele e passei a mão em sua cintura. Ele, a princípio, ficou tenso com o toque, respirou fundo e depois relaxou. Comecei a movimentar minhas mãos em seu tórax duro como pedra, pude sentir seus gominhos definidos por baixo de sua camisa. Ele se virou abruptamente pra mim, passou as mãos em meu pescoço, as entrelaçou em meus cabelos e me manteve firme. Eric é alto e, mesmo eu estando de salto, ele ficou uns bons vinte centímetros mais alto do que eu. Criei coragem e olhei em seus olhos.

Deus do céu! Seus olhos eram perfeitos demais, a cor, a intensidade, o brilho, tudo. Ele estava com a boca aberta, respirando com dificuldade. Aproximou-se de mim, senti seu hálito quente na minha pele, apertei as mãos em sua cintura e colei meu corpo no dele. Senti seus músculos rígidos, aí foi minha vez de respirar fundo.

— Eu sei que vou me arrepender disso tudo, mas... — Ele não terminou a frase e me puxou para um beijo devorador. Com a boca aberta, sua língua encontrou passagem fácil pela minha, me deliciei com a sensação de sua língua na minha. Seu beijo era para impressionar, firme, forte, sua língua viajava por cada canto da minha boca. Seus gemidos dentro da minha boca estavam me levando à loucura, então me aconcheguei mais ainda nele. Ele me puxou com força, ao mesmo tempo em que me encostava em minha mesa. Senti minha bunda na madeira, e ele praticamente deitou-se por cima de mim, sem desgrudar um segundo da minha boca.

Eu precisei de fôlego e me separei. Eric desceu seus lábios gostosos por todo meu pescoço com mordidas, lambidas e sugadas em minha pele. Eu estava pegando fogo, abri minhas pernas e ele se encaixou perfeitamente. Suas mãos desceram por minhas costelas explorando meu corpo. Uma mão voltou para a minha nuca, e a outra começou a viajar por minha barriga, subindo, até que chegou ao meu seio esquerdo. Ele apertou com força e eu gritei em sua boca, foi como se eu tivesse ligado um botão nele: sua pegada ficou mais firme e ele começou a se esfregar em mim, eu estava sentindo seu volume contra o meu calor, porque meu vestido já tinha subido totalmente. Estávamos entregues, até que uma batida na porta nos trouxe à Terra novamente.

Eric se afastou de mim, e colocou suas mãos apoiadas na mesa enquanto respirava com dificuldade, com a cabeça abaixada. Eu me recompus e fui até a porta, era Claudia dizendo que precisava conversar sobre um fornecedor, e eu falei que depois procurava por ela. Fechei a porta e fui até a mesa onde Eric ainda estava apoiado do mesmo jeito.

— Desculpe por isso, desculpe por tudo — eu disse ao me aproximar dele.

— Por um minuto, pensei que poderia ser seu marido. — Ele ainda não olhava e balançava a cabeça em negação.

— Ele não está na cidade, é tudo o que posso dizer.

— Meu Deus, como você consegue fazer isso? O cara viaja e você procura outro para colocar em seu lugar. Você deveria sentir vergonha. — Ele se afastou de mim e me irritou. Chega, esse cara não me conhece.

— Eu já disse que é complicado, mas se for para me julgar, então peço que saia. Já disse o que quero e já falei que sobre a minha vida pessoal eu não comento. Se não for suficiente pra você, posso dizer que foi um prazer conhecê-lo. Tchau.

Eric continuou impassível, mas parecia ponderar a situação. Ele, claramente, me queria muito, mas a situação era realmente constrangedora.

— Então você quer uma noite de sexo, só isso? — ele perguntou me olhando. Eu não falaria meus motivos, então assumi que seria apenas isso.

— Sim, somente isso. Uma noite apenas, sem compromisso, sem telefones. Amanhã você não me conhecerá tão intimamente, e se continuar frequentando meu bistrô, serei apenas a proprietária do lugar e você, um cliente. — Ele pensou novamente.

— Tudo bem, eu posso te dar uma noite. Mas lembre-se, são suas regras, não minhas. Amanhã não te conheço.

Eu sorri.

— Você não corre esse risco, pode ficar tranquilo.

Foi a vez de ele sorrir.

— Veremos! Mulheres têm uma tendência a se entregar ao momento, e à paixão, e é aí que mora a perdição, e a confusão. Homens são mais simples.

— Sou casada, lembra? — Ela fechou os olhos. — Não vou me apaixonar por você. Pode ficar tranquilo.

— Ok, te pego hoje, aqui, às sete?

— Sim, pode ser. Não vou levá-lo até minha casa.

— Deus me livre, de jeito nenhum quero ter você. Vou te levar a um hotel maravilhoso, você não vai se arrepender. — Ele passou a mão pelo meu rosto. — Até mais tarde. Esteja preparada para uma noite perfeita. Amanhã você lembrará, em todos os minutos do seu dia, com quem você passou a noite.

— Estou ansiosa. — Ele sorriu e saiu da sala, sem olhar para trás.

— Espero que valha a pena, essa é a maior loucura que estou fazendo em cinco anos. — murmurei para mim mesma, enquanto tentava fazer meu mundo voltar a girar no sentido normal, não no sentido contrário de tudo que um dia sonhei e quis para mim. Me recompus. Precisava me arrumar, a noite tinha tudo para ser incrível.

CAPÍTULO 4

Eric

DROGA DE MULHER GOSTOSA. NÃO CONSEGUI ME CONCENTRAR em mais nada, a comida tinha gosto de feno. Eu, definitivamente, tinha um gosto preferido agora, e era o da boca da Giovanna. Seus lábios firmes, quentes, sua língua perfeita, o corpo todo durinho e cheio de curvas. Se não tivessem nos interrompido, acho que a devoraria ali mesmo. Terminei meu almoço e não a vi mais, aparentemente ficou em seu escritório.

Sou um louco fodido mesmo em aceitar sair com uma mulher como ela, casada e com esse alto poder de sedução. É uma situação que exige toda minha experiência em transar e esquecer. É assim que ela quer, é assim que ela terá. Uma noite e nada mais. Nessa noite, darei tudo de mim, meu melhor. Será a melhor noite sem compromisso que ela já teve, e isso de noite sem compromisso deve acontecer muito, provavelmente sempre que o marido viaja, ela o trai descaradamente. Bom, isso é problema deles. Eu teria minha noite, tiraria tudo dela e amanhã voltaria para minha vida sem Giovanna.

Trabalhei no modo mecânico, sem prestar muita atenção em nada, somente na expectativa. Quando estava quase chegando a hora marcada, tomei um banho e troquei a roupa de trabalho por uma calça jeans e uma camisa, reservei um dos melhores hotéis da cidade, e parti em minha BMW para pegá-la.

Cheguei ao bistrô no horário marcado e ela estava esperando na porta. Estou fodido mesmo. Ela estava com um vestido curto rosa-claro, volumoso na saia, com um decote discreto. O vestido tinha uns brilhos, paetês; ela usava um sapato bege com a sola da mesma cor do vestido, uma bolsa de mão, e os cabelos soltos, simples. Perfeita. Ela virou, falou com o segurança do local e eu respirei fundo. O vestido era totalmente aberto atrás, deixava suas costas totalmente nuas, e com os seios ainda perfeitos na frente. Ela era naturalmente linda. Sorriu para o segurança e veio em minha direção. Eu estava hipnotizado, aquela mulher era sedução em forma de pessoa. Ela entrou no carro e eu fui levado a outra dimensão, seu perfume era maravilhoso, e me envolveu completamente.

Nós nos cumprimentamos como dois amigos e eu parti. Tinha logo que ter essa mulher nos braços. Conversamos assuntos simples no caminho, sobre o bistrô, sobre minha empresa. Nos focamos em assuntos profissionais, eu não queria intimidade com ela e, aparentemente, nem ela, então nos mantivemos no que era seguro para os dois. Chegamos ao hotel, ela olhou maravilhada, e que bom que a impressionei. Hotel Emiliano, ela gostou, deixei o carro no subsolo e subimos para a suíte, entramos e tudo estava conforme eu solicitei: alguns petiscos, um vinho para começar. Ela estava nervosa. Estranhei.

— Pode parecer que já fiz isso milhares de vezes, não estou aqui para me explicar, e nem para ser julgada, mas eu nunca fiz. Estou nervosa pra caramba, espero que assuma o controle e nos dê a melhor noite de nossas vidas. — Espera aí...

— Você nunca traiu seu marido antes?

Ela negou com a cabeça.

— Não, nunca, esta é a primeira vez. Quer dizer, acho que o que aconteceu mais cedo já entra para o hall das traições, você é o primeiro e único. Estou me permitindo viver esse momento, mas não vou mais permitir, portanto quero que você assuma tudo porque estou realmente perdida. Só dormi com um cara nos últimos cinco anos, não sou inexperiente, só estou fora de... — Eu a interrompi.

— Então é isso? Ele é ruim de cama?

— Não! Nem um pouco, um dos melhores que eu já tive. — Droga. — Vamos deixá-lo longe daqui, longe de hoje e eu falei que...

— Não comenta sua vida pessoal. Tudo bem, quer beber algo antes?

— Não, nada, quero estar bem sóbria. Talvez mais tarde.

— Tudo bem, eu também não quero nada agora, quero apenas que você tire esse vestido e fique perto da cama. E, Gi, sempre me olhe nos olhos. Sempre, não desvie nunca. — Ela engoliu em seco e fez o que pedi. Abriu o zíper do vestido, que começava no final do seu decote atrás. Eu ouvi o barulho do zíper descendo e respirei fundo.

Ela puxou a parte de cima do vestido pelos ombros e o deslizou por seu corpo, sempre com o olhar em mim. O vestido caiu no chão, ela deu um passo para fora dele, e ficou parada, usando somente calcinha e sapato, me olhando. Seus cabelos cobriam seus seios.

— Tire os cabelos, deixe-me ver seus seios. — Ela o fez, tirou e jogou para trás. Seus seios nus apareceram para mim, pequenos e deliciosos, exatamente como imaginei que seriam, eu já estava com a boca seca por eles. Ela estava corada e linda, seu peito subia e descia pesadamente, estava muito nervosa. Quando ela falou que nunca tinha traído seu marido, eu duvidei, mas vendo seu nervosismo, até consegui acreditar.

Fui para perto dela e a respiração ficou ainda mais pesada, me aproximei o máximo sem encostar nela. Ela fechou os olhos e eu me aproximei de seu ouvido:

— Linda! Gostosa demais. Me faltam palavras para descrevê-la. Agora só preciso te sentir para comprovar que você é realmente deliciosa como imaginei.

Ela jogou a cabeça para trás e eu a segurei pela cintura, sentia sua pele macia contra meus braços. Eu beijei sua boca, ela retribuiu e logo estávamos deitados, ela quase nua e eu todo vestido, só tinha tirado o sapato e a meia. Nós nos beijamos loucamente, sua boca me queria, me explorava, suas mãos passeavam por meu corpo, até que encontrou o barra da minha camisa e a puxou para cima e abriu os botões da gola. Interrompemos o beijo para passar a camisa por minha cabeça, e assim que estava fora, eu voltei para seus lábios gostosos.

Giovanna gemia, se contorcia embaixo de mim lindamente. Agora estávamos pele com pele, seu peito no meu, era muito bom senti-la tão entregue assim pra mim. Ela procurou o botão do meu jeans e o abriu, desceu o zíper, mas eu puxei suas mãos para cima, e a prendi ao lado de sua cabeça, desci explorando com minha boca seu corpo. Beijei seu pescoço, sua clavícula e desci até seus seios, perfeitos com seu gosto doce. Envolvi seu mamilo direito com minha boca, Gi arfou, eu me aprofundei, suguei seu mamilo e mordi de leve. Quando ele estava brilhando, fui para o outro, e fiz o mesmo.

Soltei suas mãos, que foram imediatamente para meu cabelo. Continuei descendo, encontrei o tecido fino de sua calcinha, e comecei a tirá-la com a boca enquanto Giovanna falava meu nome insistentemente. Quando eu tirei sua calcinha, comecei a subir por sua coxa, deixando pequenas mordidas no caminho. Seu cheiro me atraía como a luz atrai um inseto. Cheguei ao seu centro e Giovanna abriu as pernas pra mim completamente entregue, e senti meu coração disparar com esse contato.

— Meu Deus, você é muito gostosa, seu cheiro, seu gosto, simplesmente perfeito. Nenhuma mulher deveria ser tão deliciosa assim, é viciante.

Ela não conseguiu me responder, ela só gemia e se contorcia. Giovanna era calada na cama, e eu gostava disso, não gosto de mulher que fica falando um monte de besteira, às vezes é um pouco brochante. Mas nela, definitivamente, nada era brochante.

Suguei seu mel, e minha língua lhe dava prazer. Ela estava entregue e eu queria que ela chegasse ao paraíso com a minha boca, o primeiro orgasmo da noite. Eu a provoquei, enquanto a beijava, minhas mãos passeavam por seus seios, apertavam seus montes e ela enlouquecia embaixo de mim. Uma parte de mim estava sendo negligenciada e pedia atenção, vigorosamente, não conseguia mais ignorá-la.

— Eric, eu vou... — Ela mal conseguia falar.

— Vai, minha linda, goza pra mim, me dá esse prazer na minha boca. — Antes de terminar de falar, senti quando ela estremeceu, levantou o quadril e, depois de alguns gemidos altos, ela ficou relaxada.

Continuei com os beijos, subi por sua barriga firme, dei mais alguns beijos em seus seios e cheguei a sua boca. Queria ver se ela era nojenta, se sentia nojo de si mesma, e me surpreendi quando ela me puxou para sua boca. Essa mulher era perfeita, me beijou avidamente.

— Sinto meu gosto na sua boca — ela falou quando conseguiu se separar da minha boca.

— Um gosto muito bom, por sinal.

Ela passou a mão pelo meu cabelo bagunçando ainda mais.

— Sério? Agora quero sentir o seu na minha. — Num movimento muito habilidoso, ela me virou e eu fiquei de costas na cama com ela por cima de mim. Ela foi me beijando pelo pescoço, peito, e eu sou muito, muito sensível no meu peito também. Ela descobriu logo esse detalhe por causa dos meus gemidos. Ela se demorou em cada um dos meus mamilos e, meu Deus, foi bom demais.

— Você é lindo, sabia? Corpo gostoso, combinação tão perfeita de rosto, corpo, inteligência e habilidades sexuais, eu acho que você é perfeito.

Eu sorri com o que ela falou e fiquei mais do que pronto para ela. Ela usou suas mãos habilidosas e tirou minha calça junto com a cueca, eu estava livre para ela. Giovanna me olhou nos olhos e, meu Deus, derreti com seu olhar castanho brilhante e cheio de desejo. Ela me segurou e me colocou todo dentro da boca perfeita, uma deusa. Meu Deus, foi a melhor boca que eu já tive. Ela me acariciava, e gostava daquilo. Passei minha mão em seus cabelos e a conduzi ainda mais e ela me deixou louco com sua boca; eu estava perdendo o controle; quase, mas consegui afastá-la. Ela continuou com as mãos, me colocou em sua barriga e eu perdi a cabeça e quase os sentidos; tê-la no controle com as mãos desse jeito me lançou em um vórtice selvagem, gritei seu nome e apertei o lençol embaixo de mim. Quando voltei a mim, senti um relaxamento, uma vontade de dormir impressionante.

Eu a vi levantar e ir ao banheiro, na certa foi se limpar. Eu cochilei um pouco na cama, até que senti o colchão afundar, Gi estava de volta. Então me virei para ela.

— Relaxado? Quer dormir mais?

— E perder mais um minuto da minha única noite com você? Nem morto.

Levantei-me e fui tomar um banho rápido. Logo estava de novo no quarto, com o cabelo pingando. Ela estava deitada, nua, com uma taça de vinho na mão. Ofereceu-me, eu bebi tudo de uma vez e fui para cima dela. As gotas dos meus cabelos caíam em seu tronco e ela começou a rir por causa da água gelada em sua pele, sua risada foi o som mais lindo que ouvi. Eu parei e a olhei nos olhos, ela passou a mão em meu rosto. Eu estava muito mais do que fodido na mão dessa mulher. Comecei a beijá-la devagar, lentamente, suavemente. Lembrei da música do "Skank, Sutilmente".

E quando eu estiver fogo,
Suavemente se encaixe
E quando eu estiver bobo,
Sutilmente disfarce...

Fodido, fodido, fodido, meu cérebro gritava pra mim, mas eu ignorava enquanto me deliciava nos beijos de Giovanna. Perdi a noção do tempo enquanto somente a beijava. Ela ficou impaciente e começou a passar a mão por meu corpo, e eu desci a mão até seu centro quente e convidativo, ela estava completamente molhada.

— Já está assim, minha linda?

— Lógico. Desde que te vi vindo em minha direção, com o cabelo pingando caído na sua testa. Maravilhoso.

Ai, ai, é hoje que eu me perco. Comecei a descer a boca por todo seu corpo, seus seios, sua barriga. Minha mão brincava no vale entre os seus seios, puxei seus mamilos com os dentes e suguei. Ela arqueou as costas, passei meu braço por ela e a puxei para perto. Procurei uma proteção, coloquei e me preparei para entrar em seu corpo maravilhoso. Ela se preparou, segurando a respiração e, no momento em que eu a preenchi, soltou o ar preso na garganta. Linda demais, apertada demais.

— Nossa, Eric, acho que esqueci como é respirar por um momento — ela falou ainda quase sem ar.

— Eu percebi, Gi. Vou começar a me mexer. Me acompanha, linda? Se entrega pra mim? — Ela sorriu de lado, eu comecei a me movimentar, e ela a soltar seus gemidos gostosos e se perder na sensação. Eu a queria por cima. Virei-a na cama e ela, em toda sua glória, por cima, colocou as mãos no meu peito. — Cavalga em mim, Gi...

Ela se equilibrou em mim e começou a se movimentar cadenciadamente. Foi aumentando, aos poucos, seus movimentos; eu segurei seus quadris e impulsionei para cima, enquanto ela empurrava para baixo, e a sensação de preenchê-la toda foi divina. Eu sentei e ficamos de frente. Eu a beijei porque não aguentava mais ficar longe de sua boca, ela retribuiu com o mesmo fervor, me tocando e depois suas mãos estavam em seus cabelos que ela bagunçava com elegância; a visão mais sexy de toda minha vida. Ela foi soltando o cabelo, desceu as mãos até os seios, abrindo a boca e soltando um gemido. Fiquei louco, louco.

Deitei-a, fiquei por cima e aumentei o ritmo. Senti que ela estava muito perto, movimentei mais um pouco e ela se liberou, gritou meu nome, sentindo todos os espasmos. Deixei-a sentir sozinha; então, quando ela se recuperou, fui mais forte até que encontrei minha própria liberação, fiquei deitado por cima dela, esperando que me recuperasse. Quando a olhei, estava praticamente a esmagando, sai de cima dela e deitei ao seu lado, puxando-a para meus braços. Ela abraçou meu peito e ficamos em silêncio.

CAPÍTULO 5

Giovanna

O SILÊNCIO ESTAVA UM POUCO CONSTRANGEDOR. PORQUE NÃO TÍnhamos intimidade alguma. O sexo com Eric foi simplesmente perfeito, algo surreal. Ele é generoso, preocupado e bom, muito bom no que faz. É duro quando tem que ser, tem uma pegada forte, movimentos precisos, tudo perfeito para deixar uma mulher louca. E ele conseguiu me enlouquecer hoje, então será bem difícil virar as costas para tudo isso. Mas eu tinha que voltar à minha vida, e saí do seu abraço.

Levantei e fui para o banheiro tomar um banho. Quando já estava terminando, ele entrou no box, passou as mãos em minha cintura e me puxou para perto dele. Sentir seu peito duro atrás de mim era uma sensação ótima, e não era somente seu peito musculoso que estava duro, senti suas partes já extremamente sensíveis me tocando nas costas. Ele começou a beijar meu pescoço, minha nuca, massagear meus seios. Quando me virei para ele, passei minhas pernas em sua cintura e ele me encostou na parede, e nos unimos com força, com movimentos mais violentos. Sentia minhas costas arderem quando batia no azulejo do banheiro, mas não me importei, pois outra sensação se sobrepunha à dor: um orgasmo arrebatador tomou conta de mim e gritei mais uma vez seu nome. Ele tirou de dentro de mim e terminou em minha barriga.

— Desculpe, não sabia se poderia gozar dentro de você. Não coloquei a camisinha, não era meu objetivo te pegar aqui, só queria te acompanhar no banho. Desculpe. Eu nem tinha pensado nisso, no calor do momento; mas agora já foi.

— Fica tranquilo, estou limpa, acho que você também, e eu tomo pílula. — Vi alívio e tristeza em seu rosto.

— Claro, esqueço que você é casada. — Ele quebrou o clima. Ele não conseguia lidar com isso, nem eu mesma conseguia direito; mas para Eric, estava pesado. Resolvi colocar um ponto final antes que piorasse. Me enxaguei e saí deixando-o no banheiro sozinho. Me arrumei enquanto ele ainda tomava banho e chamei um táxi, já era hora de ir embora. Ele saiu do banheiro enrolado na toalha branca do hotel, perfeito. Seus mamilos eram escuros e grandes, combinavam perfeitamente com sua pele e o tamanho de seu tórax. Que visão, Deus, que homem lindo.

— Você já quer ir embora? — ele perguntou não olhando para mim. Olhava para o outro lado do quarto.

— Eu preciso dormir. Amanhã trabalho bem cedo e não quero dormir aqui, se você não se incomodar. Pode ficar, eu pego um táxi. Já chamei, na verdade.

— Se você já chamou, então eu vou ficar. — Ele andou até a sacada da suíte, me ignorando no caminho.

— Eric, me desculpe. Eu preciso mesmo ir, não iria sair sem falar com você. Tudo isso é muito complicado. — Ele respirou fundo.

— Sabe, complicado é sua palavra. Você sempre a usa para sair de situações que não quer explicar... ou viver.

— Não é verdade. Estou aqui, não estou? Eu fui bem clara sobre hoje, Eric. — Ele sentou-se em uma cadeira alta e ficou me olhando. Era difícil decifrar o que se passava em seu rosto: raiva, desejo ou frustração. Acho que tudo junto.

— Tudo bem, apenas uma noite, e ela acabou, já entendi. Não quero ser rude, mas pode ir embora quando quiser. — Ele se virou para o outro lado.

— Foi bom te conhecer, Eric, realmente bom. Você me fez enxergar que talvez o complicado um dia possa se descomplicar, você me deu esperança de algo diferente. Desculpe, é só o que posso dizer. Obrigada pela noite, você é incrível.

Não o olhei mais e saí da suíte. Meu celular emitiu um bipe informando que o táxi chegara, entrei no carro e fui para casa. Eu moro no Jardim Europa, então, por causa do horário, cheguei rápido. Entrei no apartamento, me joguei no sofá e chorei. Quase não me permitia chorar mais, mas, desta vez, agora que finalmente dei esse passo, chorei por tudo, por Eric, por ele ser tão perfeito e impossível para mim no momento, por Rafael, que a cada dia ficava mais distante. Era o que ele queria, mas me machucava por dentro, como ácido corroendo meus órgãos. Eu estava perdida e frustrada.

Dormi no meu sofá mesmo, e acordei com a sala sendo iluminada pelo sol, as cortinas estavam abertas. Maria as abria para me acordar.

— Maria, que horas são?

— Hora de você ir trabalhar e me deixar fazer meu serviço. Já passa das nove, menina. — Droga. Levantei correndo, fui para meu quarto, tomei um banho rápido, coloquei uma calça, uma camisa florida e saí correndo. No caminho, peguei uma torrada, dei um beijo em Maria e corri para o bistrô. Naquele dia eu teria que ir ao de Moema. Conversei com Jéssica, ela receberia o peixe, mas ainda tinha que resolver tudo. Marcos era muito importante para meus negócios e ela teria que aprender a lidar com ele.

Cheguei e Marcos ainda estava lá, o que era bem incomum por causa do horário. Marcos era um cara de um metro e noventa e cinco de altura, Eric era quase do seu tamanho; mas Marcos era ruivo, com uma barba muito elegante, olhos verdes, lindo de matar. Jéssica tinha um metro e sessenta, era loira, linda também. Os dois eram casados, mas com a mulherada se jogando em cima do peixeiro, Jéssica pirou e acabou com o casamento deles. Agora o tratava mal e ele não aguentava mais. Isso, na verdade, é amor reprimido, os dois se adoravam, porém amor e ódio andam lado a lado. No momento, eles estavam sentindo ódio, mais ela do que ele.

— Que bom que está aqui, Marcos, quero mesmo falar pessoalmente com você.

— Te esperei porque quero definir isso hoje, de uma vez por todas. Mas antes me conta, como o Rafael está? — Eles se conheciam bem. Eram amigos de uma vida.

— Está viajando, aparentemente está tudo ótimo. — Jéssica entrou no salão onde estávamos, virou os olhos e foi voltando para a cozinha. Eu gritei o nome dela e chamei os dois para o meu escritório. Eles me seguiram bufando. Entramos e fechei a porta.

— Me falem, há quanto tempo conheço os dois? — Eles se entreolharam.

— Você sabe muito bem, Gi, há quatro anos. Você e Rafa foram nossos padrinhos de casamento — Jéssica respondeu.

— Certo, então posso dizer que conheço vocês dois muito bem. Há quanto tempo estão separados?

Foi Marcos quem respondeu.

— Há exatos três meses. Há três meses durmo na casa de um amigo, há três meses quase não troco de roupas, porque ela não permite que eu vá buscá-las porque não quer me ver lá. Há três insuportáveis meses que trabalho de mau humor, que o dia não passa, que estou afundado em infelicidade. — Os olhos dela marejaram com a declaração dele e ele se virou para ela. — Baby, não aguento mais isso. Ou voltamos, ou você desiste de vez de mim e damos entrada no divórcio. Ficar em cima do muro, pra mim, não dá.

— Lá vem você fazer pressão.

Ele colocou as mãos no rosto e respirou fundo. Eu queria sair, mas fiquei com a impressão de que, se saísse, ou eles fariam amor ou se matavam de vez. As duas opções, para o meu escritório, não eram boas.

— Baby, não é pressão, eu só quero definir nossa vida.

— Claro, você quer ficar livre logo.

Não aguentei.

— Chega, Jéssica, chega de ser irracional. Você o ama, ele também te ama, vocês dois não conseguem ver isso? Se adoram e estão longe um do outro, a troco de quê? Ciúmes? Jéssica?

— Não é um ciúme bobo, Gi. Ele flerta com as clientes, elas se jogam nele, e eu não aguento mais isso. Se o que ele quer é uma definição, então tudo bem, pode entrar com o pedido de divórcio. — Marcos arregalou os olhos, claramente não era o que ele queria. Ele respirou, derrotado, e abaixou a cabeça. Marcos é tão lindo e fofo que deu vontade de colocá-lo no colo.

— Tudo bem. — Ele olhou para mim. — Se é o que ela quer, amanhã vou procurar meu advogado. — Ele levantou-se e saiu do escritório, eu fiquei com Jéssica, que começou a chorar.

— Jéssica, não faça isso com o casamento de vocês, tem muito amor não resolvido aqui. Por favor, converse com ele sem brigas, saiam novamente como um casal, dê mais uma chance para vocês. Se depois de uma noite juntos você não quiser mais, vou dar meu apoio para o divórcio, mas tente mais uma vez. Só mais uma vez.

— Tudo bem, Gi, fale com ele. Marque tudo, que vou sair mais uma vez.

— Você precisa controlar seu ciúme, é o trabalho dele. Olhe quantos clientes ele têm. Eu mesma não quero perdê-lo por nada, ele é bom no que faz, e você é a única mulher que interessa para ele. Por favor, pondere um pouco mais. Ele é lindo, gostoso, simpático, é meio difícil até pra mim não dar em cima dele. — Ela olhou pra mim e sorriu.

— Ah, tá, com um Rafael em casa, você vai olhar para o Marcos?

— Rafael é demais mesmo, mas o Marcos não fica atrás. Vou lá fora conversar com ele para que vocês tenham mais uma noite juntos. E comporte-se. Tente, se esforce por vocês.

— Eu o amo loucamente, sabia? Cada dia tem sido um ferrão em mim, difícil de suportar — ela falou, chorando.

— Eu sei, por isso vocês precisam dessa chance mais uma vez. Volte a trabalhar, que vou falar com ele.

Saí do meu escritório e fui atrás de Marcos, que estava desolado em seu caminhão. — Ei, peixeiro, que cara é essa? Nem parece que acabou de ganhar uma noite para reconquistar sua mulher. — Ele me olhou, surpreso. — Sim, vocês terão uma noite para se entenderem. Se depois disso não resolverem, eu mesma vou apoiar o divórcio.

— Você está falando sério, Gi? — perguntou esperançoso, lindo de ver.

— Claro, seu bobo. Se entenda com ela, pare de flertar com as clientes, seu tarado, e seja feliz com sua mulher pois, aparentemente, você não vive sem ela. — Ele me abraçou, me levantou fácil e me girou na calçada me fazendo rir alto. Me colocou no chão e me beijou demoradamente no rosto.

— Não posso nem me afastar um pouco que você já dá em cima da minha mulher? — Olhamos, surpresos, para Rafael, que estava próximo a nós dois, na calçada, rindo. Soltei-me do abraço de Marcos e corri para ele.

— Amor, já voltou!!! — Abracei-o com vontade. Rafael era do tamanho de Marcos. Era forte, loiro, lindo, de rosto perfeito, cabelos curtos lisos jogados para trás em um penteado perfeito. Tinha o rosto quadrado com um queixo lindo, maxilar bem delineado, boca gostosa, olhos verdes, era um príncipe, com um sorriso encantador. Rafael ainda me tirava o fôlego quando o via, mesmo depois de cinco anos.

— Voltei. Não falei que era uma viagem curta? — Ele me abraçava, seu perfume delicioso me envolvia. Eu o beijei, seus lábios eram macios, sua língua estava na minha boca e suas mãos em meus cabelos, me puxando para mais perto dele.

— Uau, que cena. Estou sobrando, vou embora. — Marcos falou fingindo estar irritado. Nos afastamos com os seus protestos. Ele sorriu pra mim, me deu mais um selinho e nos voltamos para Marcos.

— Desculpe, amigo, acho que minha mulher ficou com saudades de mim.

— Você não? É bom saber. — Fingi decepção e irritação.

— Claro que fiquei, meu bem, sempre sinto sua falta. O dia todo, onde quer que eu vá. — Eu o abracei pela cintura, de lado. — E você e a Jéssica, ainda do mesmo jeito? — Ele perguntou para Marcos.

— Sua mulher deu um ultimato em nós dois, então vamos resolver a questão, por isso estava abraçando-a. Nada com segundas intenções. — Ele levantou as mãos em rendição.

— Ei, eu sei, meu amigo, posso confiar em você, sei o quanto é louco pela Jéssica. Mas já que estou aqui, por que não almoçamos juntos?

— Não posso, ainda tenho mais três entregas antes das duas da tarde.

— Bom, fica para a próxima. — Eles se cumprimentaram e eu me despedi de Marcos. Entramos no bistrô.

— Você vai ficar comigo?

— A tarde toda, estou livre pra você. — Ele me abraçou e beijou. — Na verdade, queria ir até o da Berrini, queria comer aquele prato especial da Claudia. — Ele fez beicinho, como se precisasse disso para me convencer.

— Claro, vou pegar minha bolsa e já vamos.

Ele cumprimentou todos os meus funcionários pelo nome. Rafael é um homem maravilhoso, não se importa com classe, cor, religião, ele simplesmente é do bem. Tentei não pensar em tudo o que fiz no dia anterior, porque a consciência pesada estava me matando. Vê-lo tão lindo ao meu lado, novamente, me sufocava.

Saímos e chegamos rápido ao outro bistrô. Liguei para Claudia e falei que Rafael queria comer seu prato especial, ela já sabia, somente ela fazia do jeito que ele gostava. Chegamos, e estava muito mais lotado que o de Moema. Entramos abraçados e meu coração parou no momento em que coloquei os olhos em Eric, que também ficou em choque ao me ver nos braços do meu marido. E não disfarçou.

Tentei disfarçar o coração disparado e as pernas bambas, mas sei que Rafael sacou, ele me conhecia como ninguém. Ele olhou para Eric e para mim, franziu a testa, porém não se prendeu a isso, fingiu que não viu, porque eu sei que ele viu; Rafael sempre foi muito perspicaz, vivo; depois aliviou e continuamos até nossa mesa reservada.

Fiquei visivelmente abalada, não conseguia disfarçar. Eu estava tremendo um pouco, e percebia que Rafa olhava pra mim e para Eric, que também não estava ajudando nem um pouco. Eu teria um ataque cardíaco na mesa. Precisava sair dali.

— Amor, vou ao banheiro, não demoro. — Levantei e dei um selinho nele, que pegou meu pescoço e demorou no beijo, claramente marcando território. Mas não me importei, eu era dele mesmo. Afastei-me e tentei não olhar para Eric e fui para o banheiro do meu escritório. Joguei uma água no rosto, não imaginava que Eric estaria aqui, quer dizer, nem pensei em encontrá-lo tão cedo assim. Estava saindo do banheiro, quando a porta do meu escritório abriu e encontrei Eric parado nela.

— Eric, por favor, saia daqui. Acho que você já entendeu a situação ou quer que eu explique?

— Eu entendi, só não entendi direito o que aconteceu ontem.

— Uma noite, foi o que aconteceu, e hoje a vida seguiu. Eu sou CASADA, eu falei, joguei limpo com você. Não enganei nem por um segundo. Amo meu marido, e a noite de ontem não irá se repetir.

— Eu não consigo entender. Eu sei que você dirá que é complicado, mas dá para ver que o cara é louco por você, ele é todo boa-pinta. Por que, Giovanna, por que você o traiu?

Eu fiquei nervosa.

— Isso não é da sua conta — eu gritei. — Você não me conhece, não o conhece e eu quero você fora daqui, agora. Não existe nós dois, nunca existiu e não existirá. Eu não vou largá-lo e não vou traí-lo mais, então, como mulher, me esqueça, por favor. — Terminei o discurso já com a voz natural.

A desolação no rosto de Eric foi visível. Eu odiava fazer isso, principalmente porque ele não era um cara qualquer, ele é um desses raros de se encontrar. Decente. Foi um dilema para ele ficar com uma mulher casada, ele é realmente especial.

— Por favor, faça o que combinamos, foi só uma noite. Me esqueça, Eric.

— Você deveria vir com um aviso: mulher perigosa e difícil de esquecer. — Ele saiu do escritório me deixando abalada com a frase. É claro que ele também não era fácil de esquecer, mas, enquanto eu estivesse com o Rafael, Eric ficava em segundo plano. Rafa era muito mais importante.

Voltei para a mesa mais calma, almocei com Rafa, olhando para Eric, às vezes, que não me olhava mais. Terminamos o almoço e a sobremesa. A mesa de Eric já estava vazia, nem vi quando ele saiu.

— Impressão minha, ou eu notei um clima estranho aqui? Entre você e aquele cara. — Ele apontou para a mesa em que Eric estivera sentado.

— Não, amor, não é nada, ele é apenas um cliente novo do bistrô. — Peguei sua mão e beijei, ele sorriu pra mim e segurou meu rosto quase inteiro com sua palma, me aconcheguei nela e fechei os olhos. Amava Rafa com todas as minhas forças. Não podia ficar pensando em Eric, não agora.

Fomos para casa mais cedo, assistimos a um filme e nos curtimos. Rafa sempre foi muito carinhoso, fez uma massagem em mim, o clima esquentou e acabamos na cama. Fizemos amor como nunca, era sempre maravilhoso com ele, sempre tão carinhoso, tão perfeito, tão meu. Dormimos abraçados, Rafa era meu lar, minha segurança, meu conforto, Rafa era meu amor.

CAPÍTULO 6

Eric

FODA. FODA. FODA. MIL VEZES FODA. EU ESTOU FICANDO MALUCO. Uma noite com aquela mulher e parece que fiquei viciado. Eu queria mais. Uma vez só não me saciou. Vê-la ir embora, depois daquelas palavras, foi difícil, mas eu tinha que ser racional: pensar com a cabeça, não com meu coração, porque ele dizia que ela era especial, mas ele estava enganado.

Fiquei ansioso para o dia seguinte, para encontrá-la, nem que fosse somente para vê-la, já que ela não queria mais ficar comigo. Mas o que eu vi me tirou o chão. Ela abraçada com o marido perfeito dela. Certos pontos não se encaixavam na minha cabeça, pois ela parecia feliz com ele. Estavam abraçados, curtindo, até que ela me viu, e ficou abalada, não sei se pela traição, ou porque eu também não estava mais fazendo sentido para ela.

Ela estava sentada com ele, olhando para mim. E o pior, seu marido, que não é um idiota como pensei, sacou que ela estava diferente e que o motivo era eu, porque eu vi quando ele olhou para ela e depois para mim, e somou dois mais dois. A cara dele de compreensão foi a melhor. Quando ela se levantou para ir ao seu escritório, minha raiva foi ao nível mais alto. Ele a beijou, demoradamente, para marcar o território. Eu saquei que ela era dele e que ele queria me mostrar isso.

Quando sua comida chegou, ele ficou absorto no prato e eu aproveitei para ir atrás dela, e *bang*, mais uma vez rejeitado. Saí de lá disposto a esquecer essa loucura toda, afinal, o que uma noite pode fazer a um cara? Bernardo chegaria naquele dia, e eu iria arrastá-lo para uma balada. Seria uma noite de caça. Alguém bateu na porta do meu escritório.

— Fala, meu companheiro. — Bernardo apareceu como num passe de mágica em minha porta. *Timing* perfeito.

— Fala, Be, como foi sua viagem? — Nós nos abraçamos e ele entrou.

— Cansativa.

— Muito? Não aguenta nem uma noitada com o amigo?

— Uau! Quem é você e o que fez com o cara viciado em trabalho dos últimos meses? — ele brincou.

— O viciado em trabalho quer se viciar em outra coisa, se é que você me entende.

— Claro! Pernas, bundas e peitos são um ótimo vício. Passo mais tarde na sua casa e saímos. Só queria te ver e falar que cheguei, e que amanhã... ouviu? Amanhã conversamos sobre a viagem.

— Ok, amanhã. Hoje eu quero dançar, beber e, de preferência, acordar em uma cama que não seja a minha.

— Fechado. Onze horas te pego. — Concordei com o horário balançando a cabeça.

Bernardo saiu e, mais tarde, eu também. Tinha que esquecer o casal perfeito, e nada melhor do que uma boa mulher, ou uma mulher boa, para me fazer esquecer tudo.

Cheguei em casa, me arrumei e comecei a calibrar, bebi umas três cervejas. Bernardo chegou e saímos para uma casa noturna nova que ele queria conhecer. Já na entrada mirei em alguns corpos perfeitos e era isso, nada como me afundar em alguém com vontade para esquecer a Giovanna.

A música estava ensurdecedora. Fomos para o bar, conversamos um pouco, mas Bernardo também queria caçar. Uma loira se aproximou dele e logo eu estava sozinho. Uma morena linda começou a me olhar, eu também gostei do que vi: alta, quase um metro e oitenta, o que, pra mim, não era problema, curvas precisas, linda. Resolvi agir.

Fui até a garota e logo estávamos conversando. Ela até tinha um bom papo, ria de tudo e assim consegui levá-la para sua casa. De jeito nenhum levava mulher para a minha. Chegamos ao seu apartamento e eu a ataquei já na porta, pois queria ir direto ao ponto. Nos beijamos, e o beijo dela era mediano, nada comparado... Tive que acalmar meu cérebro, não poderia ir por esse lado. Beijei-a como nunca, seus gemidos começaram a ficar altos, virei-a. Precisava tomá-la de costas para não olhar em seus olhos, eu não queria visualizar ninguém; nenhum rosto, nenhuma expressão, nada. Eu só queria esquecer.

Terminei rápido, e quis sair logo dali. Meu plano de dormir em outra cama falhara, eu não conseguiria. Peguei seu número e falei que ligaria. No elevador, já apaguei da minha lista de contatos, não era algo que queria repetir. Fui para casa com uma sensação de vazio. Transei, a morena era linda, mas ainda faltava algo, e eu iria encontrar, mais cedo ou mais tarde.

Joguei-me no trabalho. Mas, duas semanas depois da noite com Giovanna, ainda a sentia em minha pele, por baixo dela. Saí à caça quase todas as noites para tentar tirá-la de mim, mas ainda não tinha conseguido. Seu cheiro, seu gosto, seu toque ainda estavam vivos em mim. Não fui mais ao seu bistrô para evitar contato ou qualquer aproximação, e também porque fui covarde. Vê-la com seu marido, linda e feliz, não iria me fazer muito bem.

Bernardo estava à toda na empresa, iria viajar somente dentro de um mês. Ele me ajudava nas questões administrativas, marcava reuniões com possíveis clientes. Era bom tê-lo tão vivo e com vontade de fazer mais pela empresa, também me fazia trabalhar melhor. Ele colocou a cabeça na minha porta.

— Eric, tem um bistrô aqui na região, e queria conhecê-lo. Que tal irmos juntos hoje, no almoço? — Eu sabia que era o da Giovanna, mas teria que deixar de ser covarde um dia, e encará-la, e o dia seria aquele.

— Claro, podemos ir em meia hora?

— Sim, vou te esperar lá embaixo. — Ele fechou a porta e eu enrolei o máximo que pude, mas combinado é combinado e tive que ir com Bernardo até aquele lugar. Chegamos, e parecia mais lotado a cada dia. Era, realmente, um lugar ótimo para se almoçar e, também, para passar um tempo, descontrair. Bernardo ficou encantado com o lugar. Estávamos sendo levados até uma mesa quando ela surgiu na minha frente, rindo e conversando com uma amiga. Estava usando um vestido jeans transpassado amarrado ao lado, curto, bem acima do joelho, salto alto em um vermelho forte. Ela me olhou e respirou fundo. Era incrível como eu causava essa reação nela, mas era incapaz de fazer com que ela se submetesse a mim novamente. Ela viu que estava sendo indelicada, ou foi porque sua amiga a cutucou, então veio até nós dois.

— Oi, Eric, bom te ver. — Cínica demais. Estendeu a mão para mim, eu a segurei por alguns segundos e só esse toque parece que me trouxe o suspiro que faltava na minha vida desde que eu a tive. Eu a soltei e ela esfregou uma mão na outra desconfortável; ela também sentia.

— Oi, Giovanna, obrigado. Meu amigo insistiu em vir aqui conhecer. — Apontei para Bernardo, que estava, literalmente, babando em sua amiga, que, até então, eu não tinha sequer reparado. — Esse é Bernardo, meu amigo e sócio. — Ele estendeu a mão para ela.

— Olá, prazer. Vocês já se conhecem?

— Bernardo, a Giovanna é a dona do bistrô, da rede Lapevre toda. — Ele arregalou os olhos e balançou a cabeça.

— Que legal! Conheço alguns e já sabia da qualidade. Parabéns, são ótimos lugares. — Ele falou e olhou para sua amiga.

— Obrigada! — Ela balançou a cabeça como se lembrasse de algo. — Que indelicadeza minha, essa é minha amiga Eduarda. Bernardo, você falou que conhece alguns dos meus bistrôs, todos têm o dedo dessa mulher, todas as artes incríveis são dela.

— Uau, é você quem fez tudo isso? — Ele arregalou os olhos e mostrou as pinturas. — São mesmo... fascinantes. — Ele falou olhando para a boca da mulher, Deus, que descarado.

— Sim, obrigada pelo elogio. Caramba, Gi, você poderia ser mais discreta quando me apresentar. — Giovanna achou estranho porque, aparentemente, sua amiga ficou envergonhada diante de Bernardo. Sua amiga, uma ruiva alta, magra e linda, não parecia nem um pouco tímida, mas estava naquele momento.

— Você, tímida? Estou estranhando. — Giovanna olhou para Bernardo e eu quase ouvi o barulho da ficha caindo em sua cabeça. Ela entendeu o que eu já tinha visto, rolou uma atração forte entre os dois. Bernardo estava mudo, o que era bem difícil de acontecer. Estávamos, os quatro, parados sem dizer nada, e o silêncio começou a ficar constrangedor.

— Bom, vamos almoçar, Be? Temos o dia cheio. — Ele me olhou confuso, pois não tínhamos porra nenhuma para fazer, mas concordou.

— Vou pedir à Camila para colocar os dois em uma mesa mais reservada, para terem mais privacidade.

— Imagina, não precisa, ela já estava nos levando.

Giovanna me interrompeu com a mão.

— Faço questão. — Fiquei olhando para ela e cometi a besteira de olhar seus lábios lindos com um batom vinho-escuro, totalmente atrativos.

— Por que as duas não almoçam com a gente? Mesmo a dona precisa comer, não? — Bernardo cogitou. Eu iria interromper, mas um garoto veio correndo da cozinha gritando.

— Didinha!!! — Ele pulou nos braços de Giovanna, que o pegou no colo e o girou falando o quanto ele era lindo. O garoto era todo ruivo, então não tive dúvidas sobre quem era sua mãe.

— Eric e Bernardo, este é Bruno, o furacão da Duda. — O garoto ficou tímido e Bernardo, claro, ficou encantado com ele. Era a cara da mãe. Os dois começaram a conversar, e Bruno se contorcia todo querendo ir no colo da mãe que, visivelmente, estava cansada. — Ei, garoto, vamos almoçar? — Ele concordou e Duda falou:

— Bom, acho que em dois segundos perto dele já deu pra ver que ele não é fácil. Melhor almoçarmos sozinhas, ele atrapalharia o almoço de vocês. Vamos, Gi?

— Besteira — meu amigo disse. — Adoro crianças, será um prazer tê-lo à mesa conosco. — Eu concordei, também gostava de crianças. Giovanna pediu uma mesa para quatro com um cadeirão para o Bruno, em um lugar muito reservado, longe de tudo. Não sei se ela queria mesmo privacidade, ou se queria me esconder.

Fizemos os pedidos, ela chamou a *chef* e falou para o garçom não dizer que era ela. Quando a *chef* veio, ficou brincando com ela, dava para ver que eram mais do que patroa e funcionária. Ela fez seu pedido especial e fez o de Bruno também. Duda e Bernardo conversavam e nós dois, que havíamos sentado um do lado do outro, estávamos mudos. Ela brincava com Bruno e eu mexia no celular, em meus e-mails, até que Bernardo percebeu e me incluiu na conversa que não durou muito. A comida chegou, comemos rápido e Bruno, que era realmente um furacão, quis sair da cadeira. Quando Giovanna foi tirá-lo, sua perna encostou na minha, então tive que recorrer ao meu autocontrole para não deixar todo meu sangue correr para minha virilha apenas por senti-la mais próxima a mim.

Bruno foi correndo para a cozinha. Fiquei espantado porque nenhuma das duas pensou em se levantar e ir atrás do garoto.

— Vocês não têm medo de perdê-lo? — Apontei para onde o garoto foi.

— Não, ele conhece aqui como a própria casa dele, e todos o conhecem também. Ninguém o deixa sair, ele está seguro, pode ficar tranquilo — Giovanna me respondeu, já que os dois pombinhos estavam bem entretidos em uma conversa sobre viagens para fora do Brasil.

— Parece que eles se deram bem — disse a ela.

— Parece que sim. — Ela se aproximou de mim, senti seu perfume divino me envolvendo. — Ele é bem o tipo de homem que ela gosta — ela disse, bem próxima ao meu ouvido.

— Já ele gosta do tipo mulher, então acho que ela se enquadra — completei e rimos juntos. O celular dela tocou, vi a foto do seu marido aparecer. Ela pediu licença e se levantou, não antes de eu ouvir: "Oi, amor". É... aparentemente, ela continuava casada e feliz, e eu continuava com a maior dor de cotovelo do mundo.

Ela não demorou, voltou e sentou-se, novamente pedindo desculpas para mim, que apenas sorri e acenei sem graça para ela.

— Era o Rafael, Giovanna? — Duda perguntou.

— Era — ela respondeu desconfortável olhando para mim.

— Ele voltou de viagem?

— Amanhã, Duda, ele não mudou os planos. — Ela olhou para mim e Duda percebeu algo no tom de sua voz.

— Você deveria aproveitar e sair com a gente. Estou combinando de ir em um barzinho com o Bernardo. Venham com a gente, os dois. — Ela apontou para a gente.

— Eu não posso, Duda, você sabe que vou trabalhar até mais tarde. — Eu entendi, era por minha causa que ela não iria.

— Eu também não posso hoje, tenho umas pendências da empresa para resolver.

Bernardo, alheio a tudo, abriu sua boca grande:

— Mas, cara, você tem saído há duas semanas, todos os dias, passando o rodo geral, e bem hoje, sexta-feira, não quer sair? Estranho.

Giovanna sorriu, mas um sorriso triste, e abaixou a cabeça, visivelmente incomodada por ouvir que eu estava saindo. Definitivamente, desisto de tentar entender as mulheres. Não estou com ela porque ela é casada, ela é CASADA! E, agora, ficou triste porque estou tentando esquecê-la nos braços de outras. Desisto. Levantei e disse que precisava ir embora, pois tinha algo no escritório para fazer. Na verdade, só queria sair dali. Despedi-me, falei para Bernardo pagar tudo e fui embora, sem nem olhar para trás, para Giovanna.

CAPÍTULO 7

Giovanna

Eu sou muito idiota mesmo. Eu estava quase morrendo por estar ao seu lado, percebendo uns olhares meio desejosos dele. Mas quando seu amigo, que não sabia nada sobre nós, falou que ele tem saído há duas semanas pegando um monte de mulher, tudo o que eu pensava sobre ele mudou. Realmente, eu não fui nada mais do que uma noite para ele. E embora meu coração esteja em um conflito nebuloso; vou tentar deixá-lo definitivamente naquela noite apenas.

Entrei em meu escritório e deixei Duda e seu mais novo amigo sozinhos. Pelo que vi, ele é o melhor amigo de Eric. Estava fazendo um cafuné em Bruno que, milagrosamente, dormiu em meu sofá, quando Duda entrou.

— Me conta, é aquele cara o gostoso, não é? Aquele com quem você resolveu passar a noite? — Coloquei o dedo nos lábios pedindo silêncio, e mostrei Bruno dormindo.

— Sim, é ele, Duda — falei baixo, ela seguiu o tom.

— Eu sabia! Demorei para entender, mas quando percebi o desconforto... E, meu Deus, como o cara é lindo, você tem sorte mesmo com homem. Primeiro o Rafael, um deus grego loiro, e agora outro gato. Que mão boa para escolher homens lindos.

— Para, Duda. Eric foi uma noite apenas.

— Mas pode ser mais, querida, depois de tudo.

— Não! Não fale nada sobre isso, por favor. E nossa noite, como você viu, foi apenas uma noite, ele já está pegando geral novamente.

— Porque não consegue te tirar da cabeça. Gi, coloque em sua cabeça, mulheres choram pelos caras, e os caras saem pegando tudo quanto é mulher. É um processo de autodefesa, ele precisa pegar para se autoafirmar, porque, na verdade, tudo o que ele quer é você. Deus, até eu vi o quanto ele ainda te quer. — Duda estava fantasiando.

— Não, Duda, eu disse a ele que não irei trair Rafael novamente, e que o que aconteceu entre a gente foi uma noite, não vai acontecer mais.

— Ok, eu sei o quanto Rafa é importante para você, não vou me intrometer, mas que Eric está muito interessado, isso ele está. Bom, vou embora para deixar meu furacão com minha mãe e sair à noite com o gato do Bernardo.

— Eu vi que foi uma conexão instantânea. E o cara é bem seu tipo, lembrei do Vin Diesel.

— Eu também! Demais, não é?

— Muito, agora vai se arrumar, porque sei que demora horas. — Dei um beijo em Duda e outro em Bruno, que ainda dormia pacificamente. Eles saíram, eu fui para casa, e uma saudade de Rafael bateu. Então liguei para ele, que atendeu no segundo toque com sua saudação linda.

— Oi, meu amor, como você está? — Ouvir sua voz mexeu comigo e senti as lágrimas nos olhos.

— Com saudades! — falei, com a voz embargada.

— Amor, está chorando? — Ele pareceu bem preocupado.

— Rafa, meu amor, volta pra mim, não sei se eu aguento. — As comportas se abriram.

— Minha linda, não fique assim, amanhã de manhã eu estou aí. Não vou conseguir um voo agora, senão eu correria para você. — As lágrimas desciam sucessivamente, odiava fazer isso na frente dele.

— Rafa, é demais pra mim, é demais para você, não é justo com nós dois, não é justo. Eu te amo tanto, meu amor, que, às vezes, sinto que não vou aguentar.

— Ei, minha linda, não fale assim. — Ele ficou triste, droga. Eu sempre fui incapaz de aceitar tudo isso, mas eu não podia fazer o que tinha feito com ele agora. Tinha que desligar, ou iria abalá-lo ainda mais.

— Desculpa, amor, preciso desligar. Só fiquei com saudades, mas eu espero você amanhã. — Eu não podia jogar tudo assim nele.

— Tudo bem, amanhã vamos naquele festival de música, não é? — ele lembrou.

— Claro, todos os planos mantidos. Até amanhã, meu amor, te amo.

— Eu também, linda. — Desligamos e eu ainda chorei por uma hora no chão da minha sala, olhando para minha casa que eu construí com meu marido. Compramos esse apartamento novo, na planta, e fizemos tudo com a nossa cara, em todos os lugares possíveis, tudo aqui tem a minha marca e a dele. Temos fotos, em todas as paredes, de viagens juntos, lembranças dos lugares que visitamos, desde a Europa até uma cidade do interior de Minas Gerais. Fomos tão, tão felizes, tão companheiros, até que aconteceu e quase tudo desmoronou pra gente.

Resolvi dormir na sala mesmo. Puxei uma manta, que ficava sobre o sofá, e me cobri, pensando em como a vida pode ser injusta às vezes. Dormi profundamente no escuro. Acordei sendo beijada no rosto, uma boca e mãos passavam por todo meu corpo. Abri os olhos reconhecendo o toque.

— Bom dia, meu amor, fiquei com saudades também. — Rafa me acariciava, já puxando o laço do meu vestido e abrindo-o todo. — Linda demais. — Passei minhas mãos em seus cabelos e o puxei para um beijo. Ele me abraçava com força, passou as mãos em minhas costas, abriu meu sutiã e deslizou por meus ombros. Eu me sentei, ele estava de joelhos na minha frente, então abri minhas pernas e o aconcheguei nelas. Enquanto isso, ele acariciava, com seus lábios, o meu pescoço e meus seios, de um jeito que só ele sabia fazer.

Ele se levantou, tirou a camisa abrindo um botão por vez. Fiquei impaciente, levantei e puxei com força, os botões pularam no chão, e arranquei sua camisa. Seu olhar ficou feroz, ele me pegou pela bunda, eu entrelacei minhas pernas em sua cintura e ele nos levou para nosso quarto. Deitou-me na cama e me cobriu com seu corpo delicioso, eu mordi o lábio inferior olhando para ele.

— Você sabe que me deixa louco fazendo isso — ele falou com a voz rouca de desejo e soltando o lábio que estava preso nos dentes. Eu aproveitei e chupei seu dedo, ele puxou o ar entre os dentes, eu sorri e mordi o dedo dele, ele fingiu um grito de dor, e, ao mesmo tempo, entrou em mim, com um movimento seco. Puxou minhas mãos para cima da minha cabeça, e entrelaçamos os dedos, enquanto ele entrava e saía de mim, em uma sincronia perfeita, até que atingimos o orgasmo juntos. Ele deitou ao meu lado e eu o abracei.

— Você é maluco por fazer isso, sabia? — Ele riu, senti seus músculos se contraírem embaixo de mim, eu o acariciava com as pontas dos meus dedos.

— Fazer o quê? Comer minha mulher? — Eu levantei a cabeça e olhei para ele, que estava com o olhar divertido.

— Seu pervertido boca-suja. — Ele me segurou pela nuca e me puxou para um beijo.

— Você adora minha boca-suja — falou com seu hálito junto ao meu.

— Adoro mesmo. — Nós nos beijamos e ele ficou animadinho novamente, mas nos separamos. — Caramba, para um senhor de idade, você está bem em forma e bem na ativa. — Apontei para uma parte enorme do seu corpo.

— Eu sou apenas nove anos mais velho que você. Quando eu tiver 90 e você 81, não fará tanta diferença. — Senti as lágrimas nos olhos. Sempre que ele falava assim, algo dentro de mim se quebrava e não consegui disfarçar. — Ei, não fica assim, vem cá. — Eu o abracei forte, sempre que pensava no futuro com ele ficava assim. — Deus, como eu queria te engravidar para ver como ficaria a mistura. O seu melhor e o meu melhor, ficaria perfeito, ou perfeita.

Olhei para ele.

— Me engravida, então, é tudo o que mais quero. — Ele me abraçou novamente.

— Você sabe que não dá, meu bem. — Ele sempre falava isso, sempre usava uma desculpa e mudava de assunto. — Mas deixa esse papo para lá. Vamos nos arrumar, quero ouvir umas bandas de rock, fumar uns baseados e me embebedar.

— Ah, tá, engraçadinho. De tudo o que falou, você só vai ouvir rock, nada do resto. — Ele fez um beicinho lindo.

— Tudo bem, mamãe. Depois eu que sou o senhor de idade. — Joguei um travesseiro nele, que pegou antes de bater em sua cabeça. Fomos para o banho, que foi bem demorado. Eu o lavei inteiro, ensaboei cada pedaço de sua pele, e ele retribuiu. Terminou com nós dois fazendo amor totalmente entregues ao momento, sem preocupações, sem desilusões; somente dois corpos de duas pessoas que se amam loucamente procurando se saciar um no outro. Perfeito.

Colocamos roupas informais, estava quente. Optei por um shorts jeans e uma blusinha apertada da banda de rock que adoro e que estaria no festival. Eles já tinham se separado, mas decidiram participar do festival como banda mais uma vez, e eu estava muito empolgada para curtir o Silverchair.

— Olha, se aquele vocalista que você tanto ama conseguir ver como você está hoje, vou ter que sair na porrada com ele, porque tenho certeza de que ele vai querer te levar para a Austrália — Rafael falou enquanto me olhava inteira, ele estava encostado no batente da porta do nosso apartamento, também estava sexy pra caramba; com uma bermuda, uma camiseta mais apertada mostrando os músculos perfeitos e tênis. Tão casual e tão lindo.

— Você está engraçadinho demais hoje.

— Só cuidando do que é meu.

— Não precisa se preocupar, não troco você por ninguém neste mundo, nem mesmo pelo Daniel Johns. — Ele me abraçou enquanto andávamos no corredor do prédio.

— É bom mesmo, nunca deixaria você ir para a Austrália, é muito longe.

Nem respondi, nunca trocaria meu Rafa por nenhum outro homem, agora eu tinha certeza disso. Fomos de carro e estacionamos perto da arena. Rafa tinha ingressos exclusivos, então ficaríamos bem perto do palco. Estávamos com fome e resolvemos comer um lanche antes de irmos para nosso lugar. Estávamos terminando quando eu vi Eric e Bernardo se aproximarem. Droga. Meu Deus, que carma. Eric parecia que me seguia; sempre me deixando constrangida, com meu coração apertado.

— Não é aquele cliente do seu bistrô? — Droga dupla, Rafa se lembrava dele, e, claro, deve se lembrar de como eu travei perto dele. E a situação estava prestes a se repetir. — Agora são dois? — Rafa questionou.

— São sócios e amigos, e sim, são os clientes do bistrô. — Eles se aproximaram para cumprimentar, e os olhos de Eric dançavam entre mim e Rafa.

— Nos encontramos novamente. Não sabia que você gostava de rock, mais precisamente do Silverchair — falou Bernardo, apontando para minha camiseta.

— Adoro, na verdade. Tudo bem com vocês?

— Ótimo, que coincidência encontrá-los aqui. — Eu percebi que ainda não tinha apresentado Rafa a eles.

— Somos fãs de rock! Mas acho que ainda não apresentei, esse é meu marido Rafael, esses são Eric e Bernardo. — Rafa estendeu a mão para eles e sorriu enquanto os cumprimentava. Eric engoliu em seco diante de tanta simpatia do meu amado marido. Não queria ofendê-lo, nem humilhá-lo, muito menos esfregar algo em sua cara como meu casamento; mas ele tinha que entender que o que aconteceu foi um erro e não podia mais se repetir. Eu também estava tentando fazer meu coração entender isso.

— O prazer é meu. Não vai me dizer que também está aqui pelo Silverchair? — Eric brincou com Rafa, achei fofo.

— Deus me livre, só vou ouvir porque a Gi é louca por eles. Por ele, na verdade.

— Amor... — Eu o repreendi e olhei feio para ele, que me olhou indignado.

— Amor, é verdade. — Ele se voltou para Eric. — Ela tem uma paixão por ele desde a adolescência, não vou competir, o cara é um astro do rock. — Foi instintivo, eu passei a mão em sua cintura e o abracei, ele colocou a mão em meu ombro e me puxou para ele, me beijou na cabeça. Eu o olhei e ele me deu um selinho. Quando nos separamos, fiz a besteira de olhar para Eric, que estava com a cabeça abaixada, totalmente desconfortável. Jesus.

— Então, nós vamos assistir essa banda de agora. Eu adoro o System — Eric falou.

— Vocês estão aqui por causa deles? — Rafa perguntou.

— Sim e não. Na verdade, gosto bastante de System of a Down, mas o que queremos mesmo ver é Pearl Jam depois da bandinha boba da sua mulher. — Eric brincou novamente e eu achei lindo de novo.

— Fiquem conosco, então, estou com ingressos a mais para a pista mais próxima do palco.

— Você não me falou isso, amor. Eu teria trazido a Duda — tentei argumentar; só alguns minutos perto e eu já estava prestes a explodir; imagine o show todo.

— Amor, a Duda odeia essas três bandas, e os ingressos a mais eu ganhei ontem. — Ele se virou para Eric e Bernardo. — Então, querem ou não?

— Claro, cara, obrigado. Puta merda, assistir o Pearl Jam tão de perto vai ser o máximo. — Bernardo ficou empolgado, e eu me senti mal por ter repreendido Rafa por oferecer os ingressos a eles.

— É, não precisavam se incomodar. — Eric falou. Rafael fez um gesto com a mão como se dissesse para não ligar.

— Você deve ser um cara bem influente para conseguir esses ingressos assim — Bernardo soltou.

— Na verdade, sou investidor e tenho alguns clientes que são influentes. Ontem estava viajando e um deles me presenteou; como nós já tínhamos os nossos, esqueci até de falar. — Essa última parte ele falou olhando pra mim.

— Que legal, investidor. Estou precisando mesmo investir um pouco do dinheiro da empresa — Eric falou.

— Ótimo, depois te dou meu cartão. — Fiquei nervosa. Era só o que me faltava: Eric e Rafael virarem amigos, meus nervos estavam à flor da pele.

— Amor, não vai ficar falando de trabalho aqui, né? Vou pegar um refrigerante.

— Eric, você também não ia na lanchonete? Traz uma cerveja pra mim.

— Amor, pra mim também, só uma. — Rafael apelou, mostrou o indicador para mim, apelando por uma, e eu cedi.

— Uma, amor, apenas uma, já volto. — Fui andando e Eric veio atrás de mim. Droga, droga. Quando chegamos à lanchonete, me virei para ele.

— Eu ainda não entendo você, tem um marido aparentemente maravilhoso. O que ele faz de tão errado com você para você traí-lo? — ele foi logo perguntando e, meu Deus, isso não era da conta dele.

— Isso não é da sua conta. E não sei se você se lembra, mas eu disse que nunca o traí, você foi o único e último, um erro. — Ele abriu a boca para rebater, mas eu não deixei, levantei minha mão impedindo. — Eric, entenda, você foi um erro que não vai mais se repetir. Não que você queira isso, estou apenas supondo, mas eu não quero julgamentos da sua parte, você estava lá também.

— Ele não é nada meu para eu me sentir mal.

— Mas você está se sentindo mal, mesmo assim. Eu posso ver em seu rosto, na sua incompreensão dos meus motivos de tê-lo traído, mas eu não vou contar, nós não somos nada para eu me abrir com você — falei, magoando-o ainda mais.

— Nós fomos, por uma maldita noite. Maldito dia em que aceitei ir para aquele hotel com você. — Ele estava começando a gritar. — Eu me arrependo de tudo porque não consigo esquecer seu cheiro, seu toque, não consigo esquecer o seu sabor. — Essa última parte ele falou como num sussurro, eu me arrepiei toda; mas logo cortei. Caramba, Rafa estava logo ali.

— Chega! — gritei para ele, e algumas pessoas nos olharam, eu abaixei o tom. — Chega, Eric. Você viu que sou casada, amo meu marido, o que aconteceu entre a gente foi um erro.

Ele se aproximou de mim, nossos corpos ficaram quase colados, ele abaixou a cabeça e eu senti seu hálito quente muito perto de mim. Sua respiração ficou acelerada, assim como a minha.

— Eu não sei o que acontece no seu casamento, mas isso aqui... — ele apontou para nós dois — é verdadeiro e palpável. Aconteceu apenas uma vez, foi o combinado, por isso eu não exijo nada de você, nem você deve exigir de mim. Mas eu vejo seu desconforto, eu vejo a saudade, a vontade de me tocar, de me sentir novamente em você. Só fala que você ainda sente vontade, mesmo que não faça mais nada. Eu preciso saber que não estou nessa sozinho. — Ele ficou me olhando, mas eu não tive coragem de admitir meus sentimentos, não enquanto Rafael estivesse a poucos metros de distância. Não era justo com nenhum de nós três. Jesus, aonde fui me meter?

— Eric, coloque de uma vez na sua cabeça: eu amo Rafael, me esqueça, por favor. — Peguei a cerveja de Rafa e saí. Tinha que voltar para meu amor, para meu marido. Tudo estava uma bagunça só, meus sentimentos estavam revirados, mas estar ao lado dele era o certo. Eu tinha certeza quanto a isso.

CAPÍTULO 8

Eric

MALDITA, MALDITA, PEDI A ELA PARA SE ABRIR COMIGO, SÓ PARA confessar os sentimentos, e nada. A maldita não conseguiu falar, mas eu senti que ela está uma bagunça, assim como eu. Ela está dividida entre o marido e eu. E eu estou em uma encruzilhada que está acabando comigo.

Não consegui esquecê-la, perdi as contas de com quantas mulheres saí depois dela e nada, tudo dela voltava. Eu tinha que tirar essa mulher da minha vida, da minha alma. Mas, antes, eu descobriria o que seu marido tinha, o motivo dessa devoção, e por que, ao mesmo tempo, ela estava traindo-o. Agora, descobrir o que eu fui tinha se tornado a minha prioridade.

Voltei para onde estavam. Rafael, agora, estava por trás de Giovanna abraçando-a e conversando com Bernardo. Ela não estava prestando atenção, estava olhando para o outro lado. Estava desconfortável? Dane-se, eu não me afastaria, agora que buscava a verdade. Cheguei e ela não olhou para mim. Fomos para nossos lugares e, meu Deus, era muito perto do palco, o cara tinha suas influências mesmo.

Rafael era o típico bom moço, simpático com todos, devoto à mulher, bonito, formavam um casal perfeito. Ela chamava a atenção dos homens por onde passava, e ele, a das mulheres. Eram um casal invejável, mas o que tinha de errado? O que era complicado que ela não podia contar pra mim? Deus, tantas perguntas e nenhuma resposta.

Giovanna falou que iria ao banheiro, eles se beijaram e ela saiu sem olhar pra mim, era minha oportunidade.

— Rafael, segunda você está disponível para uma conversa informal?

— Claro. — Ele pegou um cartão da carteira e me entregou. Estava escrito apenas seu nome, telefone e um endereço. — Apareça por lá, nem precisa marcar horário. Quando chegar, eu te recebo.

— Pode deixar, eu vou. Gosto bastante desse mundo de investimento, afinal temos que movimentar nosso dinheiro, não é?

— É o que eu penso, também. Dinheiro parado não faz nada, agora dinheiro em movimento gera mais dinheiro, movimenta a economia, todos ganham. — Ele olhava bem nos meus olhos enquanto falava comigo. — Então, está gostando do bistrô da minha mulher? — Opa, mudança de assunto. Fiquei em alerta, cara, ter culpa no cartório é mesmo uma merda.

— É fantástico, o lugar é incrível e a comida é divina. Fiquei um tempo sem ir lá, só voltei com Bernardo ontem e almoçamos juntos: ela, Bernardo e Duda. — Ele tombou um pouco a cabeça me olhando com os olhos opacos.

— Vocês almoçaram juntos? — perguntou, desconfiado.

— Na verdade, foi meio forçado. Bernardo se interessou, de cara, pela Duda, e acabamos todos juntos na mesma mesa.

— É, bem interessado. — Apontou para Bernardo, que conversava com uma morena.

— Ele é assim mesmo, solto no mundo, mas a menina conseguiu atrair mesmo sua atenção. Aqui — apontei para meu amigo — é só distração, ele não parou de falar nela.

— E você? — Engasguei. — Opa. — Ele me ajudou e me encarou ao mesmo tempo. Senti-me na Inquisição, com uma guilhotina em cima da minha cabeça. Eu poderia colocar um fim na minha agonia. Poderia acabar com a Giovanna; ele na certa não aceitaria a traição dela; acabaria com o casamento e ela ficaria livre. E eu? Ela me odiaria por isso. Droga, eu tinha que esquecer isso. Quando me recuperei, consegui falar.

— Eu o quê?

— Você não tem ninguém? É solteiro também, solto no mundo como seu amigo? — Ah, tá.

— Já fui, agora estou querendo alguém para sempre, uma família. Sou louco por crianças, quero filhos, mas a procura não está nada boa. As mulheres boas parecem estar comprometidas ou não querem nada disso. Você teve sorte de encontrar a Giovanna, ela parece umas dessas certas. — Ele me olhava estudando bem meu rosto. Eu já estava desconfortável.

— Tive sorte mesmo. — Ele desviou a atenção para o palco, o show já tinha começado. Procurou por ela. — Caramba, ela está demorando, né?

— O banheiro é longe e a fila das mulheres estava imensa. — Meu Deus, acho que o cara é um controlador lunático, só pode ser. Ele ficou com um pé atrás quando soube do almoço, agora está procurando por ela como um louco. Será que é isso? Ele é obsessivo? Louco?

— Será que ela está bem? Com aquele shortinho, será que algum tarado a pegou? — ele falou, mas seu tom era de brincadeira. E puta merda, é verdade. Ela está lindamente dentro de um minúsculo shortinho mostrando as pernas grossas para todos. Ela escolheu esse momento para aparecer, ainda estava longe, Rafael também a viu. Ela andava em nossa direção distraída, o vento balançava seus cabelos, e ali estávamos, dois patetas admirando-a. A diferença era que ela iria para casa com ele, e ele a teria por baixo, por cima, em pé, em todas as posições com as quais sonho em repetir com ela desde que a tive por alguns momentos. E eu iria para casa sozinho, mais uma vez.

— Ei, meu amor, demorou, está tudo bem? — ele falou quando ela chegou, quase tirando as palavras da minha boca, pelo menos o que eu queria dizer...

— Sim, a fila estava enorme como sempre, só isso. Ficou preocupado? — Ela sorriu para ele, isso estava me matando. Virei para o outro lado, antes de presenciar mais um beijo, e fui cuidar de Bernardo, tirá-lo da morena.

— Se você quer alguma chance com a Duda, dispense essa. Amigas contam tudo uma para a outra, e você não vai querer que a Giovanna conte para a Duda que hoje você estava com uma morena.

— Puts, é mesmo, nem pensei nisso. Ainda bem quem ela não viu. Mas, mudando de assunto, Eric, essa mulher mexe com você, não mexe? Toda vez que chega perto dela, você fica todo bobo, gagueja, respira fundo. Cara, só tenho uma palavra pra você: desencana! Ela é muito bem casada, nem eu iria querer outro tendo um cara como Rafael como marido.

— Nossa! Você quer que eu fale com ele pra você? Vejo que gostou muito dele. Quem sabe você não faz o tipo dele também — brinquei com Bernardo.

— Vai se foder, Eric. Foi você quem ficou mais tempo conversando com ele, não eu.

— Mas, com certeza, ele não faz meu tipo, como faz o seu. — Ele me empurrou.

— Ah, ah, bobão, você que está dando em cima da mulher dele, não eu. — Fiquei sério.

— Eu não estou dando em cima dela — falei mais sério ainda.

— Cara, há quanto tempo te conheço? — Não respondi, era retórica mesmo. — Sei bem quando você está com os quatro pneus arriados, e, meu amigo, você está. O problema é que ela não é para seu bico.

— Eu não quero nada com essa mulher, Be, nada. — Menti descaradamente, como se ele não me conhecesse bem.

— Ok, minta para mim, mas, meu amigo, você não consegue mentir para si mesmo. — O show do "*System of a Down*" acabou e agora seria o da banda que a Giovanna aguardava. Conversamos os quatro e ela quase nunca olhava pra mim, e eu também evitei. Enfim, a banda estava pronta para começar. Os caras entraram, estavam bem mais velhos, eu já os tinha visto em alguns clipes, algumas músicas são bem conhecidas. Giovanna era só sorrisos, com Rafael a abraçando por trás, ela dava uns gritinhos para a banda, que se posicionava no palco. Rafael olhou pra mim, ela era bem mais baixa que ele.

— Não disse que ela era apaixonada por ele? Não dá para competir, e olha que o cara é magrelo e meio sem noção com o cabelo, não é? — Ele apontou para o palco, onde Daniel Johns se arrumava. O cara era realmente muito magro e estava ficando careca, nunca seria páreo para Rafael, ou mesmo para mim. Mas paixão é paixão, então eu só concordei com ele.

A banda cumprimentou e houve uma gritaria, mais de mulheres, Giovanna era uma, e Rafael só ria. A primeira música começou, e eu conhecia, era "*Pure Massacre*".

...Famílias estão sendo destruídas
Não tem que ser desse jeito
Algumas pessoas não têm coração
Está acontecendo todos os dias
Massacre puro...

A música é ótima. Eles cantaram mais algumas que eu não conhecia, até que ele tocou um de seus últimos sucessos antes de a banda terminar. "*Without You — Sem Você*". Foi incrível como a música dizia exatamente o que eu sentia:

...Você iluminou minha vida, como um chapéu de poliéster,
Mas ele derrete-se ao sol como uma vida sem amor
Mas eu esperei por você, então me manterei firme,
Sem você...

A música era uma balada, e eu acabei olhando para ela, que cantava com a banda e, em algumas partes, olhava para mim. Em todas as vezes, eu acabava respirando fundo.

— Meu amigo, você está ferrado mesmo, porque me pareceu que ela também sente algo por você. É isso mesmo? — Até Bernardo percebeu.

— Depois eu conto os detalhes dessa bizarrice toda.

— Pode ter certeza de que eu quero ouvir. — Voltamos a prestar atenção no show. Como era o show esperado por ela, todos acabamos ouvindo o show todo com a maior atenção. A banda até que tinha muitos *hits*, eles cantaram *"Ana's Song"*, *"Tomorrow"*, *"Freak"*, *"Anthem for the Year 2000"*, entre outras. O show, em si, foi muito bom. Para a última música, claro, eles deixaram a *"Miss You Love — Sinto sua Falta, Amor"*. Música linda...

> *...Eu não sei, não tenho certeza,*
> *Não tenho muita certeza de como é sentir,*
> *Ao lidar com isso todo dia*
> *E eu sinto sua falta, amor...*
> *Eu amo o jeito como você ama*
> *Mas eu odeio o jeito que eu deveria te amar de volta...*

Quem diria que uma banda como o Silverchair diria tanto sobre mim, que suas músicas me tocariam tão profundamente, exatamente no momento certo. Que infelicidade a minha.

CAPÍTULO 9

Giovanna

ESSE FESTIVAL QUASE SE TORNOU UM PESADELO SEM FIM. SENTI minhas entranhas se revirarem depois da discussão com Eric. Parece que o destino está brincando comigo, esfregando meu erro o tempo todo na minha cara, eu deveria ter desconfiado que o cara não era para uma noite apenas. Como Duda mesmo disse, eu tenho uma boa mão para homens. Eric não era um cafajeste, ele estava sofrendo com tudo isso, e eu também, mas agora não poderia fazer nada. Eu não machucaria Rafael com essa história toda, traí-lo tão descaradamente já tinha sido cruel demais.

O show do Silverchair foi incrível, perfeito. Amo a banda desde sempre, é claro que não perderia esse show por nada, eles estão separados e se juntaram apenas para esse show, para minha sorte. Aproveitei cada música, cantei, pulei, gritei, já estava um pouco rouca e os caras, Rafa, Eric e Bernardo, estavam esperando o Pearl Jam, que fecharia a noite. Demorou demais para começar, mas ninguém queria nem ir ao banheiro a essa altura, com medo de perder o começo. Eu gosto de Pearl Jam, mas os três que estavam ali, amavam.

Confesso que o vocalista, Eddie Vedder; Jesus, é um gato sem ressalvas, é maravilhoso. Quando entrou no palco, caramba, senti vontade de gritar "lindo", mas me contive. O show começou com músicas conhecidas: "*Jeremy,*" "*Alive*", "*I am mine*", que eu amo, entre outras. Enfim, ele cantou uma das minhas favoritas, "*Just Breathe*", então abracei Rafael firme, que retribuiu. A música era especial pra gente:

...Oh, eu sou um homem de sorte
Em contar em ambas as mãos aqueles que amo
Algumas pessoas têm só uma,
Outras não têm nenhuma... Fique comigo
Vamos apenas respirar...

Olhei bem em seus olhos verdes e pude ver todo o amor. Ele cantava a música para mim, já tinha cantado uma vez, quando aconteceu, e agora cantava novamente. Meus olhos encheram de lágrimas, Rafa me abraçava, passava a mão em meus cabelos, me fazendo olhar para ele, enquanto cantava:

...Já te disse que preciso de você?
Já te disse que eu te quero?
Se eu não disse, eu sou um idiota, sabe?
Ninguém sabe disso mais do que eu
Enquanto eu me purifico
Abrace-me até eu morrer...
Te encontro do outro lado...

É definitivo! Eu odeio ou amo o Pearl Jam, e tudo o que ele representa para Rafael e pra mim. Ele continuou abraçado comigo até o final do show, suas mãos subiam e desciam pelo meu pescoço, cintura, e, às vezes, em uma música mais agitada, iam até meu quadril. Depois de *"Just breathe"*, eu não consegui mais prestar atenção em nada, somente nele, e queria ir para casa logo. O dia foi... demais para eu suportar, foi escandaloso, triste, exaustivo e tudo isso não por causa do festival e sim por causa dessa situação em que me enfiei. Quando o show terminou, nem esperei ele dizer nada.

— Vamos embora, amor? Estou cansada, quero tomar um banho e... — falei baixo em seu ouvido — ...me perder em você todo. — Ele sorriu antes de se afastar um pouco.

— Caramba, de onde veio tanto fogo? — ele perguntou ainda em um tom mais baixo.

— Ah, amor, você não pode reclamar de mim, sempre te desejo o tempo todo.

— Nunca reclamei e nunca vou reclamar. Vamos logo, também quero te comer inteira.

— Nossa! Isso foi...

Ele me interrompeu.

— Nada romântico, boca-suja e blablablá. Sei, vamos embora. — Ele me puxou e fomos nos despedir de Eric e Bernardo. — Bom, garotos — ele podia chamá-los assim, já que era o mais velho ali. — Foi um prazer, mas minha mulher está cansada e vou colocá-la para dormir. — Rafael se despediu pegando na mão de cada um, mas eu só acenei para eles, não quis muito contato, já bastavam os frangalhos em que meus nervos se encontravam, não precisava me expor um pouco mais.

Vi Eric ficar parado, olhando-nos, enquanto eu me afastava. Ainda olhei para trás e ele me encarava com uma carinha de cão sem dono, sério e com sua boca linda transformada em uma linha fina. Voltei-me para meu marido e fomos embora. Chegamos rápido em casa, já era tarde e o dia seguinte seria domingo; e poderia ficar o dia todo na cama com Rafa.

Cheguei e fui direto tomar um banho, tirar todo o suor do dia, toda a merda que veio junto. Rafael apareceu no banheiro perguntando se queria comer algo. Ponderei, e até que estava com fome. Ele iria pedir comida chinesa. Concordei e terminei meu banho.

Saí e, com o roupão mesmo, fui para a sala. Rafa também tinha tomado banho, estava somente de cueca boxer preta, de matar. Mesmo depois de tantos anos, ainda me sentia muito atraída por ele.

— Por que não tomou banho comigo? — perguntei a ele.

— Porque parecia que você queria ficar um pouco sozinha, só por isso resolvi tomar banho no banheiro de hóspedes. Não ficou chateada, né? — Ele encostou na mesa com as pernas abertas, e me puxou para junto dele. — Por um momento no festival, você parecia bem chateada. Aconteceu alguma coisa?

— Não, nada, amor. — Passei as mãos em suas costas e o abracei, coloquei minha cabeça em seu peito.

— Você parece não gostar muito do Eric. Já teve algum problema com ele? — Ai, Jesus, meu coração doeu, e senti as lágrimas insistirem em aparecer. Não podia, de jeito nenhum, olhar para ele agora, então o abracei mais forte, até a vontade passar.

— Não, só acho que ele é metido demais. Tem uns funcionários muito soberbos, uma funcionária dele brigou com o Ricardo. Lembra que te contei?

— Lembro. Nossa, ele parece tão legal. Será que me enganei com ele?

— Não sei, amor, você nunca julga ninguém, não o julgue também. Foi a funcionária quem agiu errado, não ele, mas me deu uma impressão de todos, sabe como é... — Tentei desviar a atenção. Não queria Eric novamente entre nós dois.

— Sei, você faz isso direto. — A vontade de chorar passou e olhei para ele séria.

— Como assim, faço isso direto? — Comecei a ficar irritada.

— Amor, calma. Só quis dizer que, se conhecemos um casal, por exemplo, e a mulher fala que não gosta de crianças, você subentende que o marido também não gosta. Você julga o todo por uma parte. — Caramba.

— Nossa, amor, você acha isso mesmo de mim?

— Ei, linda, isso está indo por um outro caminho, vamos retornar ao assunto original. — Ele estava bem cauteloso agora.

— Não, não quero voltar a falar de Eric, de Bernardo, do show, nem nada. Perdi a fome, vou deitar. — Afastei-me dele e fui para o quarto, com ele gritando.

— Amor, não faz isso. Vai estragar nossa noite por besteira? — Agora foi a gota d´água.

— Você acabou de falar que eu julgo as pessoas no geral, que sou insensível, e ainda que tudo é uma besteira. Finalizou minha noite muito bem, Rafael, parabéns. — Fui para o quarto, fechei a porta, tranquei-a, e deitei na cama chorando.

Que droga por tudo. Que complicação se tornou a vida. Desde quando tudo se tornou uma grande merda? Desde quando tudo virou de pernas para o ar? Minha vida era tão normal, tão boa, até que tudo ficou assim. Primeiro Rafael, agora Eric, já não bastassem os problemas que Rafa e eu tínhamos, eu ainda trouxe mais uma pessoa para tudo isso. Droga, eu não valia nada mesmo. Depois de tanto chorar, dormi.

Acordei com o colchão afundando e um corpo gelado encostando em mim. Fingi que dormia, pois ainda estava magoada com ele por tudo o que ele me disse.

— Pode continuar fingindo que está dormindo, sei que está brava comigo, e você tem razão, fui um insensível. Mas eu te amo demais para dormir no outro quarto, só quero ficar aqui com você.

Ele me abraçou e eu relaxei. Era muito bom tê-lo comigo, dormi novamente envolvida nos braços do meu amor. Acordei no meio da noite e ele dormia profundamente ao meu lado. Eu me mexi e nada de ele acordar. Ele estava dormindo de costas, seu peito subia e descia com a sua respiração.

Comecei a beijá-lo no peito, em seus mamilos, então ele se mexeu com os movimentos da minha língua. Subi nele, coloquei uma perna de cada lado em seu quadril e desci por seu peito beijando cada centímetro da sua pele. Ele gemeu, e só assim soube que ele estava acordado. Suas mãos foram para minhas coxas e ele apertou.

— Gostosa demais — ele falou, com a voz rouca de sono e desejo. Então eu intensifiquei minhas carícias, tirei sua cueca com os dentes, e ele gemeu alto. — Amor, você vai me matar. — Nem liguei para o que ele falou, coloquei-o em minha boca. Suas mãos me seguraram pelo cabelo, seu olhar era desejo puro. — Não quero na sua boca.

— Onde você quer, meu amor?

— Dentro de você, claro, enquanto você grita meu nome para todos os vizinhos ouvirem que você tem um marido que te pega gostoso. — Sorri para ele e voltei para cima. Beijei-o, ele nos sentou, eu estava por cima dele. — Como você quer, minha gostosa?

— De quatro. — Eu o beijei. — Forte!

— Caramba! Agora, meu amor. — Ele me virou na cama e já estava em mim. Segurou meu cabelo e me puxou para ele, beijou e mordeu minha boca. — Assim está bom?

— Muito. Vai amor, quero com força. — Ele me pegava com firmeza no toque, Rafael sempre foi um maestro na arte de me tomar, seu dedo encontrou meu ponto mágico e logo eu estava me desfazendo em milhares de pedacinhos. Ele me acompanhou e, depois de ir ao céu e voltar, deitamos na cama, ele por cima de mim.

— Estou te esmagando, não é?

— Um pouco, mas fica mais um tempinho assim. — Ele ficou, mas estava muito incomodado, então saiu. Ficamos deitados, conversando, até o dia amanhecer. Passamos um domingo tranquilo, só saímos para almoçar, voltamos e dormimos quase a tarde toda. Rafael definitivamente era meu lar.

CAPÍTULO 10

Eric

A SEGUNDA-FEIRA CHEGOU TARDE DEMAIS. O DOMINGO FOI, LITEralmente, uma ressaca. Depois do show, fomos para uma casa noturna, onde fiquei com mais uma menina vazia e sem nada a me oferecer. Mas não foi de todo mal, naqueles minutos, esquecer a causadora de tanta confusão em minha vida. Mas eu ainda não desisti de descobrir o que essa história tem.

Depois do almoço, que não foi no bistrô da Giovanna, decidi ir até Rafael. Quem sabe conseguisse alguma informação, talvez descobrisse que o cara é um assassino que está ameaçando a vida dela, o que era difícil, porque o cara parecia realmente perfeito.

Cheguei, e logo ele me chamou. Porra, acho que estava virando veado, porque toda vez que via o cara, ele me parecia mais bonito, e muito educado. Eu entrei em sua sala, grande e imponente. Ali trabalhava um homem de negócios, mais precisamente um homem que sabe trabalhar com o dinheiro dos outros.

— Eric, que bom vê-lo. Achei que não estava levando a sério a ideia de investir. — Ele veio até onde eu estava e nos cumprimentamos apertando as mãos.

— Estou, sim. A minha empresa está com um capital parado, então, se você conseguir fazer com que ele renda um pouco, quem sabe uma nova filial venha por aí. Minha ideia é expandir cada vez mais.

— Bom, gostei, vai gerar mais emprego. Adoro quando a matemática é simples e o resultado é bom para todos os lados. — Jesus, acho que até eu casaria com ele depois de ouvi-lo dizer isso. O cara era muito altruísta.

— Você sempre pensa assim?

Ele riu.

— Nem sempre, não sou tão bom samaritano assim. Já ganhei muito dinheiro para gente que não prestava, mas hoje posso escolher meus clientes, então tento optar por aqueles que querem investir no Brasil, nas pessoas, em empregos, e no meio ambiente. Acho que, no ponto em que cheguei, o bem-estar conta mais do que alguns milhões na conta.

— Concordo. — Acabei fazendo a besteira de olhar seu porta-retratos e tinha uma foto dos dois. Eu era muito masoquista mesmo. Era do casamento, Giovanna estava tão feliz, sorrindo nos braços dele. Perdi a noção do tempo olhando para a foto, ele pigarreou, e eu voltei meus olhos para ele.

— Infelizmente, eu não vou poder prestar essa consultoria para você, mas vou indicar um colega meu que tem os mesmos objetivos e metas. Você vai estar seguro com ele, não duvide, nunca te passaria para alguém em que não confio.

Fiquei curioso.

— Por que você mesmo não vai poder me ajudar?

— A Giovanna tem reclamado que tenho trabalhado muito e ficado pouco com ela. — Maldita duas vezes. — O trabalho me toma muita energia e tempo, já não sou um garotinho, e o cansaço já me atinge e debilita muito. Temos brigado muito por isso, então não estou pegando nenhum cliente novo. Até entendo que seja amigo dela, mas não vou arriscar pegar, me prender e depois brigar. Ela, com certeza, é mais importante pra mim do que qualquer emprego ou cliente. Espero que não fique chateado.

Engoli em seco.

— Claro que não. Você está certo, família em primeiro lugar. Já pensam em filhos? — Deus, espero que não, não aguentaria vê-la grávida de outro, mesmo se o outro fosse o Rafael.

— Não, ainda não é para a gente, embora ela esteja louca por um bebê. Você a viu com o Bruno, somos os padrinhos dele, aquele menino é a adoração dela.

Eu vi.

— Entendo. Uma pena, acho que seriam bons pais. — Ele não respondeu e pareceu querer perguntar algo, o que me fez tremer de cima a baixo.

— Eu não entendi. Houve algo entre vocês no sábado? Parece que se desentenderam. Já tiveram algum conflito? Você parece ser um cara bem tranquilo, mas não posso dizer o mesmo dela. No sábado, ao voltarmos para casa, ainda brigamos. Ela é bem complicada de lidar. — Puta merda, os dois brigaram e agora ele me deixou em uma saia justa.

— Não, só tivemos o incidente do Ricardo, o garçom. Ela te contou?

— Claro, ela me falou que uma das suas funcionárias tratou mal o Ricardo, e, cara, o Ricardo é um dos favoritos dela. Com certeza, ela não gostou, mas tem certeza de que não tem mais nada? Ela pareceu não gostar de te ver lá. Achei bem estranho. — Puta que pariu.

— Se tem mais alguma coisa, eu não sei. Nem frequento mais o bistrô, nem deixo que a Úrsula, que foi quem arrumou confusão, vá também. Mas, se for incômodo para ela, nem volto mais lá. Deus me livre atrapalhar a vida dela.

— Não, imagina, acho que foi impressão mesmo. Ela estava irritada com algo no sábado, tanto que terminou em briga. Mas não se preocupe, Giovanna é uma pessoa maravilhosa, você vai gostar de tê-la como amiga. — Deus, esse homem é inacreditável. Giovanna é uma vaca por traí-lo, e eu vou dizer isso olhando em seus olhos, Rafael não merece ter uma faca cravada nas costas desse jeito.

Agradeci o contato que ele indicou, no dia seguinte mesmo entraria em contato, e saí nervoso de lá. Meu destino? O bistrô da Giovanna, ela iria me ouvir. Rafael era o último cara no mundo que deveria passar por isso. Se a mulher dele o fez, o que seria de nós, homens comuns, cheios de erros?

Cheguei rápido e perguntei ao segurança se ela estava, ele disse que sim. O lugar estava bem vazio, havia somente umas dez pessoas. Já passava das três horas da tarde, e ela estava em uma mesa conversando com sua *chef*. Quando eu a vi, quase desisti de falar umas poucas e boas para ela. Ela estava com um vestido branco, justo, com um cinto marrom na cintura, que definia bem suas curvas, as curvas que eu tive o prazer de conhecer e que não conseguia tirar da cabeça e das quais Rafael era dono. Ela iria ouvir sim.

Aproximei-me da mesa e a peguei pelo cotovelo. Ela levou um susto com a pegada e sua *chef* também se levantou agitada.

— Como você pôde, Giovanna? Como pôde? Se fosse qualquer outra pessoa... — Eu gritava com ela, que estava bem assustada com minha reação. O segurança chegou para me tirar dali, mas ela impediu. Ela se soltou do meu apertão, que, com certeza, deixaria um hematoma. Deus, no que eu estava me transformando?

— Vamos até meu escritório. — Ela falou comigo, falou algo para a *chef* e eu a segui. Ela entrou e ficou na porta me esperando passar, eu passei e entrei, ela fechou a porta e trancou, antes de se virar para mim.

— Aqui é meu local de trabalho e não admito escândalo, ainda mais vindo de você. Quem você pensa que é para vir me acusar de algo? Não temos nada, você está começando a me encher com essa história.

— Eu fui ao escritório dele hoje, para ele me ajudar, e sabe de uma coisa? Ele não pegou a minha empresa porque você está reclamando que ele está trabalhando demais, e que quer ficar mais com ele. E ele aceitou essa condição, porque o cara te ama. — Joguei as mãos para cima. — Ele te ama, Giovanna, e como você retribui o amor dele? Traindo com o primeiro que aparece quando ele viaja? É por isso que quer que ele fique mais com você, para você não correr mais o risco de traí-lo novamente?

O tapa que ela me deu fez tanto barulho e queimou demais assim que seus dedos encontraram a pele do meu rosto. Ela me atingiu bem demais, eu senti arder na hora o local que ela desferiu o tapa.

— Cala sua boca. Eu não te dei direito algum para entrar na minha vida e me julgar sem me conhecer. Eric, você não me conhece, não sabe da minha vida, e minha vida com Rafael não te diz respeito. Eu quero que você saia, definitivamente, da minha vida. Me deixa, esquece o que aconteceu, me deixa viver com ele em paz. Essas suas aparições têm me atrapalhado e eu preciso me concentrar nele, não em você.

Ela gritava na última frase, totalmente alterada, estava vermelha, mas eu ainda não tinha terminado.

— Você é uma vagabunda por trair um homem tão bom quanto ele. Escuta só, Giovanna, ele não merece uma mulher como você. — Eu gritei mais alto ainda, dane-se que tinha outras pessoas no salão ao lado.

— Cala sua maldita boca. Você não sabe de nada, não sabe o que é minha vida com ele. Então, se é demais para você, desapareça. Eu não quero mais te ver porque, quando eu olho para você, eu vejo meu erro e estou cansada de tropeçar nele todo dia, em todos os lugares que eu vou, não aguento mais. — Ela terminou a frase arrasada.

Giovanna encostou na parede e colocou a cabeça em suas mãos, estava esgotada, tinha algo muito errado nesse casamento. Aproximei-me dela, que ficou na defensiva primeiro, mas eu segurei suas mãos e me aproximei assim mesmo. Ela estava tensa. Confesso que eu a esgotei com essa história. E vagabunda a gente enxerga de longe, Giovanna não era uma.

— Ei, me explica o que acontece, para eu te deixar em paz. Ele é maluco, louco por controle e você tem medo de deixá-lo, ou ele é suicida? — Ela riu ainda sem olhar pra mim.

— Não, Rafael é perfeito, nunca levantou a voz pra mim, como você acabou de fazer, nunca. Ele é exatamente do jeito que você viu.

— Então, o que é, Gi? Me conta, para que eu possa te dar o mundo, ou se for o que você realmente deseja, te deixar em paz, se é que isso é possível pra mim. — Segurei seu pescoço com as duas mãos e a fiz olhar para mim. Ela olhou, então me aproximei mais dela, e pude sentir seu peito subindo e descendo mais rápido com minha aproximação. Coloquei minha coxa no meio das suas pernas e as abri, ela relaxou, mas não me respondeu. Abaixou os olhos novamente, e, quando os levantou pra mim, não resisti e a beijei, forçando-a mais ainda contra a parede.

Ela estava tensa no começo e não correspondeu, mas eu insisti e, aos poucos ela foi cedendo. Beijou-me como se não houvesse amanhã, suas mãos me apertaram e, Deus, como era bom poder senti-la novamente tão doce, meiga, cheirosa. Ela começou a se esfregar na minha perna, senti seu calor, e parecia que eu iria explodir na minha calça. Ela procurou os botões da minha camisa, meu terno já estava no chão, e a camisa logo teve o mesmo destino. Enquanto eu tirava seu cinto e puxava seu zíper, ela abriu minha calça, desceu até os joelhos, levantou a perna e, com os dedos do pé, tirou tudo de uma vez, cheia de habilidade.

Puxei seu vestido pela cabeça, e a deixei apenas com um conjunto de sutiã e calcinha brancos, que, depois de uma breve admiração da minha parte, já estava no chão. Levantei-a pela cintura, ela entrelaçou meu quadril com as pernas e as fechou na minha bunda, então eu entrei nela, que já estava toda molhada. Beijei seus seios com força, e ela foi à loucura. Comecei a entrar e sair de dentro dela com firmeza, duro, forte, não conseguia pensar em ser gentil, só queria tirar dela tudo o que eu conseguisse. Seus seios deliciosos pulavam com os movimentos, uma cena erótica demais. Coloquei a mão em seu clitóris e logo ela ficou enlouquecida, eu precisava vê-la se entregar primeiro, depois fui eu que me entreguei ao orgasmo mais intenso que tive, depois daquela noite.

Abaixei com ela no colo até o chão. Precisava de ar, minhas pernas estavam bambas. Ela ficou com a cabeça em meu pescoço, respirando com dificuldade. Quando ela começou a voltar a si, se afastou, foi ali que eu a perdi, ela levantou do meu colo e começou a procurar suas roupas. Droga, mil vezes droga. Eu sabia que transar com uma pessoa emocionalmente abalada não era bom. Ela já estava a quilômetros de distância de mim.

— Eric, toda vez que você aparece, você me confunde. Agora não quero falar nada. Por favor, saia, vá embora, preciso ficar sozinha.

— Tudo bem, eu entendo que o que aconteceu aqui foi um momento. Não vou insistir para que aconteça mais. — Eu tinha que desistir dela.

— Obrigada! Agora, por favor, se vista e saia. Eu preciso mesmo ficar sozinha. — Ela estava destruída, não disposta a brigar. Acho que ela até falaria, naquele momento, o motivo disso tudo, mas eu não quis insistir, pois reconhecia quando uma pessoa estava acabada, e ela estava destruída, devorada por sentimentos que nem ela mesma conhecia, ou sequer havia cogitado sentir. É possível gostar de duas pessoas ao mesmo tempo? Nem eu tinha a resposta para essa pergunta.

Vesti-me o mais rápido que consegui, e saí sem olhar para trás. Eu estava dominado por esse sentimento, não conseguia mais controlar, não conseguia ficar longe dela, mas ficar perto era destrutivo. Não poderia pressioná-la ou tudo iria piorar, então agora eu tinha que esperar, me afastar.

Cheguei no escritório e encontrei um Bernardo transtornado, andando, descontroladamente, pela sala.

— Cara, ainda bem que você chegou. Estava tentando te ligar há horas. Houve um problema na Índia e temos que ir para lá. Um fornecedor bancou o esperto e enviou os produtos trocados, com uma qualidade inferior. Além disso, aconteceu um acidente, agora a empresa está atrás da gente, e precisamos enfiar a mão na cara desses doentes que nos comprometeram. Já comprei as passagens, nosso voo sai em duas horas. Vá para casa e tome um banho, leve só o necessário, e vamos. — Ele parou e me olhou, eu deveria estar com uma aparência ruim. — Nossa! O que aconteceu? Por que está com essa cara de quem parece que foi atropelado por um trem?

— O nome do trem é Giovanna e eu nem vi de onde ele veio, só sei que fui arrastado, não só atropelado. Mas depois conto tudo, vou fazer as malas, será bom ficar um tempo fora. Acho que vou até estender a viagem um pouco, estou precisando de uns dias longe disso tudo.

— Meu amigo, essa sua história com essa mulher não vai acabar bem. Ela é casada e bem casada, não se envolva mais ainda nessa história, não mexe no que é do outro.

— Eu não deveria ter me envolvido, Be, mas agora estou atolado nisso e não consigo mais sair. Na viagem te conto tudo.

Bernardo concordou e fui para casa. Dirigi sem nem saber direito para onde ir. Estava, pela primeira vez na vida, sem rumo, sem saber o que fazer, sem saber o que era melhor pra mim: lutar ou desistir. Quando eu voltasse, essa resposta deveria estar na ponta da língua.

CAPÍTULO 11

Giovanna

DROGA. NÃO DE NOVO, NÃO DE NOVO. DEUS, COMO SOU FRACA, ISSO não pode estar acontecendo, não acredito que traí novamente Rafael. Meu Deus, ele não merece que eu faça isso. Por que meu corpo não me obedece quando estou perto do Eric? Eu preciso me controlar, conter essa euforia, mas ele está insistindo muito em uma história que eu não quero contar, e ele não tem nada que se intrometer na minha vida com Rafael.

Não entendo o porquê de tanto ressentimento por algo que fiz com o meu marido. Fui eu quem traí o Rafael, não ele, não entendo por que dói tanto nele. Sei que Rafael é encantador e que, com certeza, Eric me acha uma vagabunda por traí-lo, ele até já falou, só não entendo por que isso o perturba tanto. Meu celular começou a tocar e a foto do meu príncipe apareceu

— Oi, amor. — Sinto meu estômago embrulhar.

— Oi, querida. Quer que eu te pegue para tomarmos um *drink*? — Fofo demais, mas eu preciso de distância, não posso encontrar o Rafael com o cheiro do Eric em mim. Deus, como cheguei a esse ponto?

— Não, meu amor, vou trabalhar até mais tarde e depois tenho que passar na casa da Duda. Não sei que horas vou chegar em casa.

— Tudo bem. Vou sair com o Marcos, então, e depois ele também vai dar uma passada lá em casa, ele está precisando conversar.

— Claro, meu bem, fique tranquilo com ele e o aconselhe bem, ele precisa arrasar no encontro com a Jéssica.

— Vou dar bons conselhos. Você está bem? Parece distraída. — Rafa tem um sexto sentido para tudo, incrível.

— Estou bem, só alguns problemas aqui no bistrô e no da Vila Olímpia, por isso tenho ainda que ir lá.

— Posso ajudar?

— Não, meu amor, fique tranquilo. Beba e relaxe um pouco com Marcos, mais tarde nos falamos. Talvez eu fique na casa da Duda, mas se resolver ficar, eu te ligo. Tudo bem pra você?

— Caramba, amor, parece que está me evitando, não quer beber, não vai voltar para casa. Ainda está brava por causa de sábado?

— Amor, você sabe que o jeito como te acordei de madrugada mostra bem que não estou brava com você. Fique tranquilo, a Duda está precisando de um pouco de colo, só isso.

— E você, claro, é o melhor colo, tanto pra mim, para ela, quanto para qualquer um, eu sei bem disso. — Fiquei quieta, quase sem respirar. — Tudo bem, fique tranquila. Se não nos virmos, até amanhã.

— Até amanhã. Eu te amo, sempre, nunca pense ao contrário, nem por um minuto.

— Tudo bem. Eu também te amo. — Desligamos.

Eu sempre deixava uma peça de roupa no bistrô porque, ultimamente, era onde eu mais ficava. Agora eu precisava de um banho, Então entrei no banheiro do meu escritório e deixei que a água me lavasse, tirando tudo o que restou do Eric em mim. Deus, ainda sentia as mãos dele em mim, seu toque. Eu estava, mesmo, muito dividida e estressada com essa situação toda.

Terminei o banho e mandei mensagem para Duda, afinal, nem ela sabia que eu passaria em sua casa. Claro que, desde que ela estivesse em casa, não teria problema. Fui para o bistrô da Vila Olímpia resolver um problema entre o gerente e o subgerente. Um estava desconfiando do outro, e, como os dois são meus funcionários há muito tempo, eu não queria um embate, iria separá-los e pronto.

Cheguei, conversei e fui embora na velocidade da luz. Precisava desabafar, contar minhas loucuras para uma outra pessoa, alguém em quem confiava. Quando estava saindo, Rafael estava chegando com Marcos. Eles não me viram, entraram e sentaram a uma mesa. Dois tipões. No bistrô havia muitas mulheres, já era tarde, já estávamos no *happy hour*, e tinha um grupo com umas cinco que ficaram babando nos dois. Fiquei na espreita observando como os dois se comportariam. Era meu bistrô, mas os dois não vinham muito aqui, então quase não eram reconhecidos, estavam praticamente em território neutro.

Os dois conversavam e riam juntos, chamavam muito a atenção. As mulheres estavam flertando com olhares e risadas altas, até que uma foi mais atrevida e resolveu enviar um bilhete. Rafael o pegou, leu, riu, olhou para a mesa das garotas e mostrou a aliança em sua mão esquerda. Lindo. A mulher encolheu os ombros e apontou para o outro. Rafael fez um gesto como se estivesse degolando a cabeça, indicando que Marcos também era comprometido. As mulheres descartadas agora só riam, mas continuavam flertando, tentando a sorte. Peguei meu celular e enviei uma mensagem para ele: "Então você acha que casamento é forca? Você está morto, é isso?". Ele pegou o celular, leu e olhou em volta, não me viu, eu estava escondida.

Rafael começou a digitar e logo recebi a mensagem: "Morto para as outras mulheres, sim, porque, pra mim, só existe você e, para Marcos, só existe Jéssica. Cadê você?". Respondi: "Escondida, mas estou indo". Ele leu e respondeu: "Vem aqui mostrar quem é minha dona para essas mulheres, vem?". Tentador, mesmo não querendo encontrá-lo, resolvi demarcar território. Entrei e fui direto para sua mesa, ele sorriu quando me viu, Marcos também me viu e riu.

Ele levantou e veio ao meu encontro sorrindo. Meu Deus do Céu, lindo. Passou a mão no meu pescoço e me beijou, com direito a me abaixar, como em uma cena de filme, um beijo gostoso, com mordidinhas. Nos separamos e ele sorriu, ainda encostado na minha boca.

— E... É assim que se beija, e também mostra quem manda aqui. — Ri com ele.

— Bobo. — Fui cumprimentar o Marcos, mas eu queria ir embora. Ainda não estava à vontade com o Rafa.

— Você trocou de roupa, amor? Hoje de manhã estava com um vestido branco. — Devo ter ficado pálida, porque senti todo meu sangue fugir de mim. — Sei bem, porque adoro você nele. — Ele mordeu minha orelha enquanto falava. Eu busquei a mentira no fundo da minha alma.

— Acabei derrubando um suco nele e troquei. Ainda bem que tenho sempre uma roupa reserva no bistrô. — Mentir estava se tornado algo frequente pra mim e eu odiava, precisava acabar logo com isso. Rafael nunca teve motivos para duvidar de mim, então ele nem questionou, e lá estava eu, novamente, usando a confiança que ele tinha em mim. Droga.

— Esse também está lindo. — Eu coloquei um preto quase no mesmo estilo do branco para aproveitar o cinto e não destoar tanto do meu sapato. Eu o abracei, mas senti uma vontade de sair dali. Precisava de distância dele.

— Obrigada, amor, mas eu tenho mesmo que ir.

— Não tem nada que eu possa fazer para você não me deixar sozinho hoje à noite? — Ele não me soltava, e falava bem perto do meu ouvido, me deixando arrepiada. — Vai, amor, você também quer, olha como está toda arrepiada. — Ele passou a mão pelo meu braço.

— Eu vou conversar com a Duda e, se der, eu prometo que vou para casa. Mas eu mando uma mensagem, pode ser?

— Claro, tudo o que você quiser. — Ele ficou um pouco para baixo, peguei seu queixo e o fiz olhar para baixo, para mim. Ele não obedeceu, e continuava olhando para frente.

— Eu vou, amor. — Depois que falei, ele me olhou esperançoso. — Você venceu, eu volto, mas talvez um pouco tarde.

— Qualquer hora que você quiser. — Ele me beijou, me despedi de Marcos e corri para a casa da Duda.

Ela atendeu e eu desabei nela chorando.

— Ei, amiga, shhh, eu tô aqui. — Ela me abraçou e chorei mais ainda. Entramos, eu deitei no sofá dela, ela sentou-se e me puxou para seu colo.

— O Bruno está aqui?

— Não, ele ainda está na minha mãe, vai dormir hoje lá. Imaginei que você queria ficar sozinha.

— Desculpa te afastar do seu filho, Duda.

— Ei, sou eu, sua amiga de todas as horas. Ele gosta mais da minha mãe mesmo, não tem problema, hoje você precisa de mim. Fala, é o Eric, não é?

Levantei e sentei de frente para ela.

— Duda, não sei mais o que fazer. Tivemos a nossa noite, foi ótima, mas eu não queria mais. Me corrói por dentro ter traído o Rafa. E o Eric não desgruda, nos encontramos nos lugares mais inusitados. Ele foi até o escritório do Rafa hoje, saiu de lá revoltado e veio até mim, para tirar satisfação do porquê eu traí um cara tão bom quanto Rafael, e só você sabe disso, me ajuda. Por que eu traí o Rafa, Duda, por quê? — Comecei a chorar novamente escondida em minhas mãos e ela tentava me acalmar.

— Gi, você sabe por que traiu. Caramba, você tem seus motivos.

— Eu sei, mas eu não quero contar para o Eric, e ele fica me pressionando. Hoje ele me chamou de vagabunda, gritamos um com o outro, e sabe o que aconteceu depois?

— Vocês transaram.

— Sim, não sei nem como começou, o que ele fez, o que eu fiz. Só me dei conta de que estava acontecendo, de que tinha acontecido, quando terminamos. Eu olhei para ele e a culpa me invadiu. Duda, o Rafa não merece.

— Não, não merece, mas ele sabe.

Parei de respirar.

— O quê? — gritei.

— Ninguém é idiota, Gi. Eu não tenho certeza de que ele sabe de verdade, mas acho que ele sente.

Consegui respirar de novo. Deus, quase morri de susto achando que ele tinha falado algo para ela.

— Por que você diz isso? — Ainda não entendia aonde ela queria chegar.

— Porque todo mundo vê que, entre você e Eric, rolam umas faíscas. Caramba, amiga, vocês não podem nem se encostar que quase dão choque, não é? — Concordei. — Eu vi naquele dia no almoço. Vocês quase se comiam com os olhos, e, qualquer movimento de qualquer um, era uma respiração mais profunda. Você tem que assumir que não foi só uma noite, e decidir o que você quer.

— Eu quero o Rafa! — falei sem nem pensar.

— Até quando?

Desabei.

— Você não pode me perguntar isso, Duda, você sabe qual a minha resposta.

— Enquanto durar? Acho que ela já não é suficiente. Agora tem outra pessoa envolvida e você não pode massacrar o Eric assim. Ele é bom e se apaixonou, e o Rafa é ótimo, perfeito, mas... — Ela parou e encolheu os ombros. — Bom, você sabe...

— Sei, sei bem, vivo isso todos os dias. Não é fácil, Duda, eu estou virando uma bomba ambulante, prestes a explodir. Eu queria dormir aqui, tirar o Eric de mim, mas o Rafa estava carente, vou voltar para ele e não sei o que fazer.

— Você vai voltar e vai ficar com seu marido que tanto ama, você não está enganando ninguém. Ele sabe que seu coração, agora, não é só dele. Ele sente, mas ele é bom também, o melhor, na verdade. Nunca conheci ninguém como o Rafa, ele sabe o que é melhor para você, sempre te colocou na frente, e agora não será diferente.

— Duda, eu o amo tanto, que não entendo como eu pude abrir espaço para o Eric, simplesmente não entendo. Nunca vou entender o que se passou dentro de mim para ele conseguir entrar também.

— Coisas da vida, querida. Vou pegar um vinho, você precisa desanuviar. — Ela levantou e foi até sua cozinha, tirou da geladeira um espumante, que ela sempre tinha, e voltou para o sofá. Começamos a beber muito.

— E você? Também senti um clima instantâneo com o Bernardo.

Ela jogou a cabeça para trás.

— Gi, aquele homem é um príncipe, um príncipe bombado, mas ainda é. Estamos indo devagar, só conversando, ainda nem nos beijamos, nem sei se vai dar em algo, mas... Ah, esqueci de falar, você vai ter um tempo para pensar. Ele e o Eric saíram do país hoje. — Ela olhou no relógio. — Estão saindo, na verdade. Aconteceu um problema e eles vão para a Índia resolver. Não sei quanto tempo vão ficar lá, mas será um respiro do Eric pra você.

Será? Então por que meu peito doeu ao saber disso?

— Não sei por que não me sinto tão aliviada como deveria.

— Porque você se importa com ele.

Concordei, Eric entrou. Disso eu tinha certeza, não sabia explicar, não sabia se existia explicação; mas o fato é que ele já estava dentro de mim. Bebemos e bebemos. Foram três garrafas, eu fiquei muito alta, sem condições de dirigir. Tirei uma foto das três garrafas vazias e mandei para Rafael, se ele me queria em casa, deveria me buscar. Ele não respondeu. Nós começamos a beber tequila, foram dois *shots*. Então, a campainha tocou e Duda foi, cambaleando, atender, enquanto fiquei rindo dela e sentindo a cabeça girar. Olhei para onde Duda tinha ido e vi Rafael. Meu coração disparou. Ao menos a bebida tinha me anestesiado um pouco de toda dor e dúvida que estava sentindo.

Levantei e fui para ele, quase caí. Ele riu e me segurou. Eu o apertei forte, senti seu cheiro de banho recém-tomado, muito gostoso. Puxei sua cabeça e o beijei intensamente, ele retribuiu, rindo ao mesmo tempo.

— Para de rir e me beija, amor — falei em sua boca.

— Querida, estamos dando um show na casa da sua amiga, na frente dela. É melhor eu te levar para casa. — Ele me segurou e fomos para a porta. Abracei a Duda, que, agora que eu tinha visto bem, não estava tão mal quanto eu.

— Vai ficar bem?

— Ótima, estou só um pouco alta, você é que bebeu quase tudo sozinha. — Abracei-a novamente e fui com Rafa. Ele me colocou em seu carro e fomos embora. Eu estava com muito tesão por ele. A bebida sempre aflorou meu lado mais pervertido. Tirei o cinto e fui para cima dele, comecei a beijar sua orelha, ele começou a respirar com dificuldade. O carro é automático, ainda bem, assim ele ficava com a mão direita livre. Me segurou pelos cabelos e prendeu meu olhar no dele, mas estava difícil focar, eu via três Rafas.

— Amor, acabei de descobrir que você tem dois irmãos muito gostosos, iguais a você. Qual você quer que eu beije primeiro? — Ele só ria e olhava a estrada.

— Qualquer um, amor, eu acho que vou aproveitar de qualquer jeito. — O carro parou em um farol e eu o beijei. Ele respondeu com ferocidade, me puxou para seu colo, sentei de frente para ele e levantei meu vestido para termos o encaixe perfeito. Ele voltou a dirigir, eu beijava seu queixo, seu pescoço, comecei a puxar sua camiseta para cima. Ele tentava se concentrar no caminho para não nos matar; eu nem me importava. Então, paramos em outro farol e ele me deixou tirar tudo, ele também tirou meu cinto e abriu meu zíper.

Tirei a parte de cima do vestido, e Rafa me beijou na parte de cima dos meus seios. O carro voltou a andar. O trânsito estava um pouco congestionado, então parávamos sempre. Quando ele parava, me beijava; tirou meu sutiã e comecei a esfregar meu peito no dele. Ele adorava, grunhia embaixo de mim. Eu sempre adorei seus sons, sua boca-suja, mas ele estava muito calado.

— Não vai me dizer nada, amor?

— Você está me deixando louco. Sei que você está um pouco alterada por causa da bebida, mas estou enlouquecendo de tesão por você.

— Eu estou alta, sim, mas meu desejo não tem nada a ver com a bebida, eu quero você. — Mordi sua orelha e ele me apertou. Quando parou novamente, pegou meu seio direito e mordeu, vi sua língua contornar meu mamilo. Eu estava ficando maluca, ainda bem que os vidros eram todos pretos. Chegamos em casa e tive que vestir a parte de cima do vestido para ninguém me ver. Quando entramos no elevador, puxei-o para mim, ele me colocou contra o vidro gelado, eu passei uma perna em sua cintura, e ele me beijava no pescoço.

— Você está muito fogosa hoje, vou te pegar até você não aguentar mais.

— Fala mais, amor, quero ouvir sua voz.

— Vou te pegar na sala mesmo, no sofá, de costas. Depois vou te levar para a banheira, te lavar toda, e te chupar até você gritar, tudo só com a minha boca.

— Nossa! — ofeguei. Adorei!

— E, por último, vamos para nossa cama, e eu vou fazer bem devagar, te mostrar o quanto eu te amo com meu corpo.

— Meu Deus, te amo Rafa, te amo demais. Quero tudo isso que você falou, vou te enlouquecer também hoje. Quero te sentir todo, sentir seu gosto. — Desci a mão e peguei uma parte do seu corpo muito acordada. Ele segurou a respiração, peguei sua mão e a fazia deslizar por meu corpo. — Onde você quiser. — Ele riu e me beijou novamente.

Entramos no apartamento, e tudo aconteceu exatamente como ele falou. Nos perdemos um no outro e fomos dormir às quatro da manhã, exaustos. Com certeza eu não chegaria cedo ao bistrô naquele dia.

O sol entrou bem discretamente pela janela do quarto. Minha cabeça parecia que iria explodir. Procurei por Rafa, mas seu lado estava vazio e frio, ele tinha levantado faz tempo. Sentei na cama e depois fui procurá-lo. Coloquei uma camisola e o encontrei na sala, ao telefone. Ele me mostrou o dedo indicador, mostrando que demoraria mais um pouco na ligação. Fui até ele, sentei em seu colo e o abracei. Enquanto ele falava com alguém, ficava acariciando meus cabelos, quase dormi novamente. Ele desligou.

— Ei, amor, dormindo novamente? — ele perguntou, divertido.

— Você é muito confortável. — Ele riu enquanto eu me acomodava mais em seu colo.

— Estava conversando com meu agente de viagem. — Afastei-me dele, não acreditando que ele viajaria novamente. — Calma, tira essa cara de indignação do rosto. Vou viajar, sim, mas você vai comigo. Vamos tirar alguns dias e deixar de lado todo esse nervosismo de trabalho e outras coisas. — Ele me olhou, eu entendi. — Vamos daqui a uma semana e meia, dá tempo para você se organizar e eu também.

— Para onde vamos?

— Amsterdã. Quero curtir cada lugar de lá com você. Quero ver todas aquelas flores, que já vimos no começo do namoro, quero rever todos os lugares em que fizemos amor escondidos, com medo de sermos pegos. — Ele fechou os olhos, na certa imaginando todos os lugares.

— Espertinho, e nem pense que vou deixar você fumar maconha como deixei da última vez. — Ele riu e me abraçou.

— Sem maconha dessa vez, meu amor.

Ficamos a manhã inteira assim, preguiçosos, com Maria nos expulsando de casa e brigando. Fomos trabalhar depois do almoço. Ele me deixou no bistrô, já que meu carro ficou na casa da Duda na noite anterior. Comecei a trabalhar, já organizando tudo para minha viagem, seria bom mudar de ares, ficar com Rafa. Eric já estava viajando mesmo, seria bom passar todo esse tempo longe. O problema era que meu coração estava tão dividido nessa história que já não queria aceitar que era o certo a fazer. Eu estava perdida.

CAPÍTULO 12

Eric

UMA SEMANA INTEIRA RESOLVENDO PROBLEMAS. EU VIAJEI PENsando que talvez descansaria um pouco, mas não foi o que aconteceu, foi só trabalho desde o primeiro dia. Nos dois últimos dias resolvi chutar o pau da barraca e descansar. Afinal, estava na Índia, queria explorar um pouco, conhecer a cultura e foi o que fiz. Bernardo ficava colado no celular mandando mensagens. À noite conversava com a Duda, era sempre assim, nunca o vi desse jeito.

O problema era que, toda vez que ele falava com ela, eu me lembrava de Giovanna. Pensei que a distância me ajudaria, mas não foi o que aconteceu. Eu morria de saudade dela, e a vontade de tê-la nos braços era tanta que eu sempre terminava o dia com o corpo inteiro implorando por alívio e não havia nenhuma mulher para ajudar. Não adiantaria, quando nosso corpo quer alguém, não adianta tentar outra, ele simplesmente não funciona.

Enfim, já era o dia de voltar. Chegamos ao Brasil em uma quarta-feira, fui direto para meu apartamento, a viagem foi longa demais, o *jet lag* foi implacável. Tomei um remédio e fui dormir às quatro da tarde. Acordei apenas no dia seguinte, já melhor, e fui trabalhar.

Bernardo não apareceu na empresa, mandei mensagem e nada. O diretor financeiro me chamou para almoçar e aceitei. Ele escolheu, claro, o bistrô da Giovanna. Com sorte ela não estaria lá. Chegamos e sentamos a uma mesa bem no meio do salão, no meio de todos, para não sermos vistos.

Eu, apesar de tudo, queria vê-la, colocá-la na parede e perguntar o que ela queria da vida. Se ela escolhesse o marido, eu partiria, definitivamente, para outra. Mas eu acho que tinha uma possibilidade de ela me escolher, remota, mas existia, eu via o que causava nela.

Eu a vi, ela não, estava distraída conversando com um homem que, visivelmente, estava dando em cima dela. Deus, como estava linda com uma saia apertada bege e uma blusinha tomara que caia branca. Jesus, que mulher! Estava olhando-a e nem reparei direito quando ela me viu. Nossos olhos se encontraram e ela desviou, eu continuei olhando, mas ela não se virou mais para mim. Então seria assim? Ela me evitaria? Ah! Não mesmo.

Inventei uma desculpa para o diretor e saí mais cedo. Ela não estava no escritório, eu vi que ainda conversava com o homem, então entrei em seu escritório e a esperei lá. Ela não me evitaria. Se não queria mais nada comigo, deveria ser adulta o suficiente para me dizer.

Ela demorou, e eu fiquei envolto em tantas fotografias dela com Rafael, sempre felizes, juntos, rindo, se abraçando... Seria tudo falsidade? Fiquei olhando as fotos tentando encontrar algum resquício de hipocrisia, mas não encontrei. Tudo era genuinamente verdadeiro. Acho que encontrei minha resposta antes mesmo de a Giovanna entrar. Eu sempre sobrei na relação dos dois; isso não era um triângulo amoroso, eles eram uma família, em breve teriam filhos; eu não me encaixava aqui; eu tinha que sair da sua vida. Estava saindo, quando ela entrou.

— Eric, o que você está fazendo aqui? — ela perguntou, calmamente.

— Nada, só vim para conversar, mas deixa pra lá. Já vou indo, você não vai me ver mais. — Estava saindo, quando ela me segurou pelo braço.

— Ei, o que foi isso? Não entendi. — Ela estava triste.

— Eu vim para perguntar se você tinha uma decisão, se eu tinha alguma chance de ser o escolhido ao invés do seu perfeito marido. Mas, olhando as fotos, eu já tive minha resposta, não preciso ouvir da sua boca.

— Eric, desculpa por tudo, não queria ter te colocado no meio disso tudo, nessa bagunça toda que virou minha vida. Você é bom, é atencioso, é perfeito para fazer uma mulher feliz.

— Pena que essa mulher não pode ser você, eu entendi — falei já afetado. Quando me virei para ir embora, Rafael estava entrando, e eu tenho certeza de que ele ouviu minha última frase, principalmente porque ele estava com a testa franzida, olhando para mim.

— Atrapalho? — ele perguntou, olhando para mim. Giovanna ficou muda, ela também sabia que ele tinha ouvido.

— Não, Rafael. — Fui até ele e o cumprimentei. O cara é tão educado que até sorriu pra mim, me cumprimentando. É, eu estava sobrando nessa equação. — Bom te ver, eu já estava saindo. — Virei-me para Giovanna. — Até mais. — Acenei e saí sem olhar para trás. Quando estava quase no meu escritório, ouvi alguém gritar meu nome, me virei e era Rafael.

— Podemos conversar um minuto? — Ele apontou para meu prédio.

— Sim, claro, vamos ao meu escritório. — Ele concordou e subimos em um silêncio sepulcral. Chegamos, pedi um café e fechei a porta. Ele começou a falar.

— Vou ser direto, Eric. Você deve perceber que sou um cara do bem, mas não gosto de ser idiota. — Puta merda, fodeu. — Queria saber há quanto tempo você e minha mulher estão juntos? — Puta que pariu. O único jeito é disfarçar.

— Rafael, não entendi a pergunta. Ela é sua mulher, vocês estão juntos, não existe Giovanna e eu. — Sua boca se tornou uma linha fina.

— Como eu disse, Eric, sou um cara legal, mas não sou idiota. Eu já percebi, quando vocês ficam perto um do outro, todo desconforto que cerca vocês. Eu já vi como você a olha, como você sofre quando nos beijamos, então preciso saber a verdade. — Porra, eu nunca contaria.

— Acho que você tem que fazer essa pergunta para sua mulher. Da minha parte, posso dizer que está equivocado.

— Mesmo depois de ouvi-lo dizer que é uma pena que ela não seja uma mulher para você, provavelmente porque ela está comigo, você ainda vai negar que não gosta dela? — É, eu estava encurralado e teria que assumir, pelo menos, meu sentimento.

— Rafael, eu realmente gosto dela. Deus, eu acho que a amo. — Soltei tudo de uma vez. — Nunca admiti nem para mim esse amor, mas não consigo tirá-la da cabeça. Tento me afastar, mas o destino parece que está brincando comigo, sempre colocando vocês na minha frente. Eu tentei, Rafael, ficar longe, sei que ela é sua. — Parei um segundo para respirar. — Ela te ama, sempre fala que é casada, que não pode sentir nada por mim, mas eu acho que pode ser recíproco. — Rafael abaixou a cabeça e respirou fundo. Droga, será que ele está esperando algo para poder me matar? Eu acabei de declarar que talvez sua mulher também me ame. Eu acho que realmente ele deve estar querendo me matar e pensando talvez no depois; eu aprendi que nunca se deve mexer com a mulher do outro, independentemente de quão gente boa ele seja.

— Eu sabia. — Ele fez uma pausa, puta merda. — Eu sei o quanto ela é encantadora, ela me encantou da mesma forma quando a conheci, foi uma atração imediata. Acho que me apaixonei no primeiro dia por ela, e, já na primeira semana, sabia que a amava. — Eu sabia bem qual era a sensação, e ali estavam dois homens loucos pela mesma mulher. Ele não parecia que queria me matar afinal; ele parecia derrotado; meu bom Deus, o que eu tinha feito?

— Mas ela escolheu você, é sempre você. Não importa o quanto eu tente, o quanto a pressione, é você quem ela quer. Hoje eu fui lá para questioná-la novamente, porque eu também sinto, às vezes, que ela me quer. Mas quando entrei no escritório e vi todas as fotos de vocês juntos, foi como se estivessem esfregando a felicidade de vocês na minha cara, então eu vi que essa batalha já estava perdida.

— Mesmo achando, às vezes, que ela sente o mesmo, você admite a derrota?

— Rafael, eu escolho minhas batalhas, e sei quando não tenho chance. Não entro em uma batalha para perder, não entro sabendo que vou perder, ela é sua. — Rafael estava mudo e tinha se sentado na minha frente; de repente levantou-se e, antes de sair, virou-se para mim. Eu estava ficando maluco com esse silêncio.

— Não tenha tanta certeza da derrota — ele falou antes de sair. — Ela sente algo, sim. Nós vamos viajar, vamos ficar uma semana e meia fora. Vou deixá-la à vontade para decidir, tenha paciência. Se ela tiver que ser sua, será, eu não vou impedir.

Ele saiu e me deixou com a boca aberta. Um homem como esse admitindo que sua mulher sentia o mesmo por mim e que ele a deixaria decidir, só poderia ser sonho mesmo. Essa não é minha vida, esse não sou eu, não pode ser.

CAPÍTULO 13

Giovanna

Mais uma vez, fiquei entre a cruz e a espada. Eric estava derrotado, com o coração estraçalhado, admitindo uma derrota, quando Rafael entra e o escuta dizer aquilo. O jeito como Rafael saiu daqui, inventando uma desculpa, quase me fez acreditar que ele iria atrás de Eric. Espero do fundo do coração que não.

Íamos viajar no dia seguinte, e eu não queria atrapalhar nossa viagem, nem nada. Continuei com meu serviço, tudo já estava encaminhado, no dia seguinte nem viria ali. Iria me cuidar, iria ao salão, dar um jeito no cabelo, fazer unha, depilação. Queria viajar bonita.

Cheguei em casa e fui arrumar minha mala. Já estava terminando quando Rafael chegou. Não veio para o quarto. Estranho. Isso me fez vacilar um pouco. Ele nunca fazia nada sem antes falar comigo.

— Amor?

— Estou aqui, querida, só pegando uma bebida, já vou.

Ele quase nunca bebe. Deus, isso está me matando. Decidi ir atrás dele.

— Por que está bebendo? Você quase nunca bebe — perguntei entrando na cozinha; ele estava sentado em um banco alto, sem o terno, com a gravata afrouxada no pescoço; lindo demais, dava vontade de morder quando ele ficava assim; mas seu semblante não estava dos melhores.

— Amor, vamos passar dez dias longe de tudo isso. Me deixa beber um pouco no primeiro dia de férias? — Ele parecia cansado, fui até ele.

— Ei, está tudo bem? Parece cansado.

— Estou bem, só cansado mesmo. Terminou de arrumar a mala?

— Sim, quase tudo. Quer que eu arrume a sua?

Ele sorriu.

— Quero, se não for te atrapalhar.

— Imagine. Amanhã não vou trabalhar, já deixei tudo organizado. Vou passar a manhã no salão, quero viajar bonita do seu lado. — Ele me abraçou e beijou minha têmpora.

— Você não precisa ir a um salão para ficar bonita, é maravilhosa de qualquer jeito — ele falou um pouco melancólico.

— Não sou, não, mas amanhã vou estar. Vou subir e fazer sua mala. — Dei um selinho nele e o deixei sozinho. Aparentemente era somente cansaço mesmo; ele não deve ter ido atrás do Eric. Fiz sua mala, arrumei tudo e nada de ele vir para o quarto. Tomei um banho e resolvi deitar. Se ele queria ficar sozinho, eu deixaria. Dormi rápido, estava exausta de tudo.

No meio da noite, eu o senti deitar ao meu lado, me abraçar e beijar minha cabeça. Me segurou apertado junto dele.

— Você ainda me ama? — ele perguntou e fiquei com vontade de chorar.

— Mais do que minha própria vida, você é meu tudo — respondi, com a voz sonolenta.

— Você também! Não sei o que faria sem você, sem seu amor, sem seu cuidado. Você é meu norte, Gi. — Ele quase nunca me chamava pelo nome, então me virei para ele.

— O que foi, amor? Estou aqui, estarei sempre aqui por você e para você.

— Eu sei, mas e depois? — Afastei-me dele, mas ele me puxou para junto, senti as lágrimas arderem nos olhos.

— Não quero ouvir mais nada, Rafa, nada! Não estraga nossa viagem, por favor.

— Desculpe, mas você tem que pensar... — Eu o interrompi cobrindo sua boca com minha mão.

— Chega! — gritei com ele e saí da cama, fui para o sofá, deitei e chorei muito. Rafa sempre jogava água gelada nos melhores momentos. Senti braços me levantarem. Eu ainda chorava e disse: — Não fala mais isso, por favor.

— Desculpe, meu amor, não vou falar mais nada, vamos dormir. — Ele me deitou e me abraçou por trás. Dormi escutando sua respiração, o melhor som do mundo para mim.

Acordamos no dia seguinte e fui direto para o salão, passei umas quatro horas lá. À tarde, me despedi de Duda, que nos levou ao aeroporto, então pegamos nosso avião. Depois de longas horas, chegamos. Amsterdã é... simplesmente perfeita.

Passeamos muito por toda a cidade. Andamos de bicicleta, nos deslumbramos com toda a arquitetura fenomenal, os parques, as flores. Estávamos praticamente em lua de mel, andávamos de dia e fazíamos amor à noite. Às vezes mudávamos a ordem, era bom de qualquer jeito. Minha vida era ali, ao lado de Rafael, ele era meu sol, minha vontade de viver.

Lembrei-me de que fazia tempo que não conversava com meu pai, ele morava no interior de São Paulo e era médico aposentado. Depois que perdi minha mãe, e ele o amor da vida dele, ficamos destroçados, e ele nunca mais se abriu para o amor. Éramos distantes, mas Rafael nos uniu, pois sempre brigava comigo quando não ligava para ele, e fazia mais de um mês que não ligava. Os bistrôs estavam me sugando e ainda tinha essa história com Eric. Sabia que meu pai estava bem porque Rafael sempre ligava para ele, os dois tinham um assunto muito chato em comum.

Já estávamos em Amsterdã há sete dias. Rafael não estava muito bem desde o dia anterior. Acordou um pouco depressivo, não quis sair da cama. Fiquei com ele e decidi ligar para meu pai, já que ele estava dormindo. Meu pai atendeu.

— Oi, bebê.

— Oi, pai, como está? Desculpe o tempo sem ligar.

— Eu entendo, bebê. São os bistrôs, não é?

— Vão me matar se eu não começar a delegar minhas atividades. Mas, como o senhor deve saber, já estou há sete dias longe e ainda não estourou nenhuma bomba, acho que eles sobrevivem bem sem mim.

— Claro, minha filha, mas nada como a mão do dono. É bom vocês se afastarem de tudo, mas é bom voltar, também. Como Rafael está?

— Ele está cansado hoje, ainda não levantou da cama. Estou esperando ele acordar para irmos a um parque, por isso encontrei tempo para te ligar. Desculpe mesmo.

— Tem certeza de que ele está bem? — Meu pai e sua preocupação inata com Rafael. Preocupa-se primeiro com ele, depois comigo. Justo.

— Está, sim. — Rafael entrou na sala. — Pai, ele levantou, agora vou ficar com ele. Prometo não demorar tanto para ligar.

— Tudo bem. E, filha, qualquer coisa me ligue.

— Pode deixar. Te amo, tchau!

— Também. Tchau, querida.

Desliguei.

— Ei, você está passando mal? Está com uma aparência abatida — perguntei enquanto ele bebia um copo de água.

— Não, amor, só cansado. Vou tomar um banho e saímos, tudo bem?

— Sim, claro. — Ele me beijou e foi para o banho, não demorou. Meia hora depois já estávamos na rua. Ficamos em um parque, sentados no chão, conversando.

— Amor, quero um refrigerante, você pode buscar pra mim?

— Claro, fique aqui. — Ele estava mesmo cansado, quase nunca me pedia as coisas. Dei um selinho nele, mas ele me puxou e acabamos nos beijando mais intensamente, senti sua língua e suas mordidinhas. Sorri em seus lábios, ele também. Me afastei e fui atrás de uma lanchonete. demorei para encontrar uma, mas avistei uma longe, comprei, e, quando estava voltando, ouvi alguém gritar. Olhei assustada para o local, que era onde Rafael estava. Deus, será que aconteceu alguma coisa? Larguei o maldito refrigerante e corri para ver, e meu coração praticamente parou: Rafael estava tendo uma convulsão das fortes. Ele as tinha, às vezes, mas não teve nenhuma nessas duas semanas.

Cheguei perto dele e o virei. Já havia pessoas em volta. A convulsão não estava passando. Então, fiquei em alerta, pois, normalmente, as convulsões não duravam muito tempo. Fiquei muito preocupada e gritei para alguém ligar para uma ambulância. Eu tremia mais do que tudo. A convulsão parou, mas Rafael não abriu os olhos, como normalmente ele fazia. Fiquei segurando-o, orando para ele abrir os olhos; para voltar; a ambulância chegou rápido, pegaram-no e o colocaram dentro do carro. Fui com ele para o hospital, pedi para o levarem para o melhor, e assim o fizeram.

Meu coração me dizia que algo estava errado. Essas crises passavam e nossa vida voltava ao normal, ou quase normal. Rafael tinha um tumor cerebral e ele decidiu não fazer tratamento, não acabar sua vida em uma cama de hospital. Quando descobrimos, há dois anos, ele fez muitos tratamentos, mas nada adiantava, o tumor não retrocedia, era maligno e estava em uma parte de seu cérebro que era impossível operar. Então, ele optou por parar com tudo e deixá-lo avançar. Foi uma briga, eu não aceitava sua decisão, parecia que ele sentaria e esperaria a morte chegar. Mas, depois, ele passou a levar uma vida normal. Tinha convulsões, às vezes, vomitava muito, mas, no geral, era saudável. Há dois meses, ele teve que ficar internado e soubemos que estava no estágio final. Foi como se meu mundo parasse de girar. Imaginar minha vida sem ele era como pensar em dias sem sol, totalmente cinzentos.

Desse dia em diante, ele tem me pedido para tentar conhecer alguém para ele poder partir em paz, sabendo que eu terei alguém para cuidar de mim. Por isso abri um espaço para Eric, mas eu não suportava o que tinha feito com Rafael e ainda tinha tudo o que ele estava passando. Sempre foi difícil ver Eric saudável e Rafael morrendo. Afinal, Rafa foi minha escolha: nos conhecemos, nos apaixonamos e, menos de um ano depois, estávamos casados. Foram os melhores anos da minha vida, até descobrirmos a doença. Daí em diante, tudo girava em torno dela.

No começo, mais precisamente no primeiro ano, nossos dias no hospital eram tão cansativos que Rafael chorava quase o dia todo. Ele estava entrando em depressão, até que um dia decidiu que não ficaria mais ali. Já que era incurável, então, ele viveria o tempo que restava da melhor maneira possível, e assim passou-se um ano inteiro. Ele fazia consultas quando tinha as crises, acabava no hospital, mas ele amava seu trabalho, então continuava trabalhando normalmente. Ele quis uma vida totalmente normal, e, tirando as convulsões, as febres altas e os vômitos, às vezes, era assim que ele vivia.

Sempre, depois de uma convulsão, ele recobrava a consciência, ficava um pouco confuso, mas voltava ao normal. Só que, dessa vez, ele não acordou. Estava respirando por causa dos aparelhos ligados nele, e não respondia a nada. Chegamos ao hospital e o levaram para longe de mim. A maioria das pessoas falava holandês, mas o inglês, que era a única língua que eu falava, também era muito falado.

Depois de um tempo, procurei pelo médico responsável por Rafael e ele me explicou tudo muito calmamente, em inglês. Não foi fácil ouvir.

— Ele teve morte cerebral.

O chão se abriu diante de mim, senti tudo ficar distante, minhas pernas ficaram bambas, e o médico me segurou para que eu não caísse no chão. Meu Deus, meu amor, minha vida, meu marido, morto, aqui? Por quê? Não, isso não era possível. Sim, era possível, mas eu não queria acreditar, eu não conseguia respirar.

— Deus, não é verdade, eu quero vê-lo — eu gritei com ele.

— Calma, vocês sabiam que ele estava com um tumor no cérebro?

— Sim, o senhor viu toda a documentação. Agora eu quero vê-lo — disse, segurando as lágrimas.

— Ele está vivo apenas porque está mantido pelos aparelhos. Ele já não respira sozinho, não faz mais nada e, por causa do tumor extremamente avançado, ele não tem chances de voltar. Vou esperar outro médico avaliá-lo amanhã, você sabe como é o procedimento, não?

— Sei, dois médicos, em dois dias diferentes. — Isso estava gravado a ferro na minha memória. Rafael não queria ser mantido vivo artificialmente, se algo do tipo acontecesse, então ele vivia me dizendo isso.

— Correto, amanhã outro avaliará. Mas, devido ao histórico médico, há noventa e nove por dento de chances de o diagnóstico estar correto.

— Eu quero vê-lo, agora — disse, já com a voz embargada de dor.

— Vou levá-la até ele. — Ele foi andando pelo corredor, e não sei como minhas pernas obedeceram, mas eu consegui segui-lo. Entrei em um quarto e ele estava lá, deitado, com o aparelho mantendo sua respiração e seus batimentos cardíacos. Ao lado havia o computador indicando que sua atividade cerebral era inexistente. Ele já tinha ido, já tinha me deixado.

— Meu amor, você me deixou aqui. Eu sabia que esse dia chegaria, só não estava preparada ainda. Por que Rafa, por quê? — Aproximei-me dele, vi seu rosto bonito sereno, seus olhos fechados. Eu não resisti e abri um, sua pupila estava sem reação. Eu sabia que ele não estava mais aqui, mas eu sentia necessidade de falar com ele.

— Rafa, por quê? Por que na nossa viagem? Por que com você e não comigo? Eu queria ter ido antes, não quero uma vida sem você, sem seu sorriso, sem seus beijos, sem seu amor. Deus, eu não vou sobreviver sozinha.

Chorei, chorei por horas ali com ele, não iria sair dali de jeito nenhum. Algumas enfermeiras entravam e até se compadeciam da minha dor. Olhavam para ele e, com certeza, pensavam que era horrível perder um homem tão maravilhoso como esse. E era.

Para meu desespero, a noite chegou e passou rápido demais. O dia seguinte já tinha chegado, e o segundo médico chegou para dar sua avaliação, foi o único segundo em que saí da sala. Ele demorou lá, mas, quando terminou, fui chamada.

— Não é fácil o que vou dizer, mas, sim, é morte cerebral, e eu vou autorizar o desligamento dos aparelhos, ele não tem chance de voltar. Só queria te informar antes.

— Posso vê-lo, somente mais uma vez?

— Claro, mas vai ter que ser rápida. Meus sentimentos. — Aceitei suas condolências. Ele apontou o quarto, eu entrei, fechei a porta e fui até ele.

— Meu amor, você não reagiu, você me deixou mesmo, e eles vão desligar tudo. — Peguei sua mão quente. — Eu não vou mais sentir seu calor. — Coloquei a mão dele aberta no meu rosto. — Nunca mais! — Chorei. Nunca mais ouviria sua voz, nunca mais ouviria sua risada, não faríamos mais amor, não brigaríamos. Acabou. Giovanna e Rafael felizes para sempre acabou.

Fiquei com ele o tempo que pude, até que o médico e o diretor do hospital entraram no quarto e me pediram para sair, eles não desligariam os aparelhos comigo lá dentro.

— Adeus, meu amor. — Falei com Rafa e saí. Fiquei na sala de espera um tempão chorando, então eles voltaram e me disseram que, em breve, me liberariam o atestado de óbito dele.

— Você não é daqui, né? É brasileira. — O diretor do hospital perguntou e depois afirmou, foi fácil descobrir por causa da documentação.

— Sim. Preciso saber o procedimento para levá-lo para o Brasil. — Ele me falou e eu fiz tudo de maneira automática: comprei um caixão, preenchi papeladas para o translado e fretei um avião. Rafael estava preparado para tudo, tínhamos um fundo e eu usei para pagar tudo. À noite estávamos no aeroporto.

Eu estava esperando para embarcar, quando vi o caixão sendo colocado no avião. Meu amor estava sendo carregado, morto. Não era fácil de ver, a dor no meu peito parecia que me mataria junto. Eu não conseguia nem engolir saliva, de tanto que minha garganta estava fechada.

Eu já tinha ligado para todos no Brasil. Duda estava organizando tudo pra mim, e estava ligando para os parentes dele. Ele não tinha mais os pais, tinha apenas alguns tios e primos, mas tinha muitos amigos e eu mandei a agenda dele para ela poder avisar a todos. As redes sociais funcionavam bem, e eu já tinha recebido muitas mensagens de amigos.

O voo foi longo, o cansaço me atingiu e eu consegui dormir um pouco, não muito. Chegamos ao Brasil e já havia um carro da funerária nos esperando. O motorista me perguntou se eu queria ir junto ou iria em outro carro, decidi ficar perto de Rafa o máximo de tempo que eu conseguisse, mas foi uma péssima ideia.

No carro, de Cumbica até o cemitério de Congonhas, quando passávamos por um buraco, eu ouvia o caixão balançar e o barulho que fazia estava me deixando louca. Não sabia se era alguma parte do carro, ou se era o corpo do Rafael que se movimentava. O trajeto foi uma tortura, a cada barulho eu sentia vontade de gritar, e uma vontade louca de chegar logo. O caminho torturante foi longo e eu estava a ponto de arrancar meus cabelos de nervosismo, eu tremia por inteira.

Chegamos ao cemitério e tudo já estava arrumado. Desci do carro correndo e fui em busca de alguém. Encontrei Duda na entrada de uma sala onde seria o velório, então corri para abraçá-la. Ela me segurou e apertou firme.

— Ei, calma, você não está sozinha, estamos aqui. — Ela me abraçava forte e chorava junto comigo.

— Ele se foi, Duda, ele me deixou. Não achei que ele faria isso de verdade, mas ele fez. E agora, o que eu vou fazer? O que vai ser da minha vida? — eu perguntava descontroladamente para ela.

— Calma, Gi, um passo de cada vez. Vamos ficar com ele o máximo possível, depois você vai ficar comigo. Um dia de cada vez, tudo bem? — Eu concordei. — Você se alimentou desde que aconteceu?

— Não, nem estou com fome, parece que tem um osso de galinha atravessado em minha garganta, Duda, é impossível comer. Só quero ficar com ele. Por favor, me deixa um pouco sozinha com ele, antes que todos cheguem.

— Só tem um problema, já tem um monte de gente aqui. — Droga. Alguns homens passaram pela gente carregando o caixão. Ele foi arrumado em uma sala com várias coroas de condolências. A sala em que ele fora colocado já estava cheia de amigos e familiares, eu parei na porta e, quase como se fosse combinado, todos olharam para mim. As lágrimas voltaram aos meus olhos e escorriam livremente pelo meu rosto.

Segui o caminho até o caixão, que estava aberto. Eu o arrumei com um terno branco, ele estava pacífico, como se estivesse dormindo, estava em paz. Solucei alto, Duda e meu pai me seguraram. Não sei se foi a pressão de tudo, ou por eu não ter comido nada, mas tudo ficou preto.

Acordei e estava deitada. Queria ter acordado do pesadelo em que estava vivendo, mas acordei na sala do velório e olhei para Rafael, que continuava deitado naquela droga de caixão. Eu fiquei ao seu lado o tempo todo. Quando chegou a hora do enterro, eu o beijei e olhei seu rosto uma última vez, falei um "eu te amo" e o deixei ir.

Acompanhamos o trajeto até a sepultura. Fizeram uma cerimônia de despedida, que estava lotada, pois Rafael era querido demais por todos que o rodeavam. Eles o enterraram e junto foi minha alegria, minha vontade de viver, meu coração. Fiquei ali por mais um bom tempo, até que escureceu. Eu não queria deixá-lo, mas fui obrigada, Duda me arrastou de lá.

— Duda, quero ir para minha casa, sozinha, por favor. — Ela já iria protestar. — Não insiste, quero ficar em casa, onde ainda tenho as lembranças dele vivas. Me deixa ficar mais um pouco com ele. — Ela concordou e me deixou em casa. Ela sabia que eu precisava ficar sozinha, e prometeu que ligaria.

Eu entrei e segurei a vontade de gritar "amor" pela casa. Sempre que eu chegava tarde, ele já estava ali, eu gritava por ele, e ele respondia: "Aqui". Fui para meu quarto e seu perfume ainda estava em tudo. Eu trouxe suas coisas de Amsterdã, doaria para as pessoas daqui. Abri sua bolsa, peguei seu celular e seu *notebook*, o celular coloquei para carregar e liguei o *notebook*, comecei a mexer um pouco em seus arquivos.

O protetor de tela era uma foto nossa tirada há duas semanas quando saímos para beber, e ele tirou porque achou que a luz do bar era boa. A foto ficou linda, as luzes atrás estavam brilhando e eu estava rindo e ele me beijando no rosto. Resolvi mexer nos documentos e não nas fotos, seria doloroso demais. Ele tinha vários documentos de trabalho e um arquivo com meu nome. Abri e havia vários documentos em Word com algumas datas. Abri o primeiro, datado de um ano antes.

O arquivo tinha uma folha, e o começo era:

Querida Giovanna,

meu amor, hoje eu desisti do tratamento. É muito doloroso fazer tantos exames, tantos procedimentos e não mudar nada, não existir chance de cura, sem poder operar. Amor, não vivemos mais, é só do hospital para casa. Estou fraco, nem consigo mais te pegar e Deus sabe como gosto de me perder em você.

Você está brava comigo porque desisti, você gritou, chorou e disse que, fazendo isso, estou te abandonando. Minha vida, estou lutando por nós, quero me manter saudável o tempo que puder. Essa coisa na minha cabeça vai crescer mais e mais, e vai me matar, eu sei, mas eu quero viver meus últimos dias feliz ao seu lado. Quero viajar com você, quero te beijar, quero trabalhar para me sentir útil, quero te amar para me sentir vivo.

Me perdoa se, no primeiro momento, isso te assustou, mas é assim que quero terminar minha vida, feliz ao seu lado. Sei que você vai entender, e espero conseguir te convencer a tomar um banho gostoso comigo. Depois você me fala se fui capaz de te convencer.

Seu Rafa.

Deus do céu, ele manteve um diário desde que decidiu parar o tratamento, lindo demais. Todo sono e cansaço parece que sumiram do meu corpo. Eu queria ler tudo, e, sim, naquele dia eu não resisti a ele: fizemos amor na banheira, no chuveiro e na cama, mesmo que eu estivesse magoada com ele. Abri outro arquivo, li todos. Ele escrevia semanalmente, um era datado de dois meses antes.

Querida Gi,

hoje tomei uma decisão, que foi a mais difícil para mim: falei para você procurar alguém, abrir seu coração, se permitir enxergar outros homens. Me dói, só Deus sabe o quanto machucou colocar essas palavras para fora, mas é a realidade. Eu vou partir e não quero te deixar sozinha.

Você é brava, nervosa, eu sei bem como é ter que lidar com você. Guerreira nos negócios, levantou sua rede como num passe de mágica, mas eu sei o quanto trabalhou para isso, quantas noites em claro, quanto tempo gasto, quantas brigas comigo por pensar mais nos bistrôs do que em mim. Mas, ao mesmo tempo, sei como é frágil, como depende de amor para viver, como eu a fiz dependente de mim.

Você é minha, desde o momento em que coloquei meus olhos em você naquela balada, você nunca mais foi de ninguém. Mas, por você, estou disposto a deixar que olhe para outra pessoa como me olha, outro será capaz de te fazer feliz, de um jeito que eu não fui. Calma! Sei que foi feliz ao meu lado, somos felizes, vejo em seus olhos o quanto me ama verdadeiramente, mas sei que um dia abrirá seu coração para outra pessoa. Espero estar aqui para ver, porque sei que partirei mais em paz.

Está difícil, as dores de cabeça estão fortes, as convulsões mais demoradas, mas estou aqui por você. Só vou partir quando souber que você está bem. Te amo.

Seu Rafa.

Jesus, esse é meu marido, meu cavalheiro, meu companheiro. Até em meio às dores insuportáveis ele ainda pensava em mim.

— Rafa, por que você fez isso? — gritei para o nada.

A cada semana ele contou como estava ficando difícil se concentrar, não pensar na morte, não pensar em ter medo da morte, em me deixar. Que homem generoso. Li todos e cheguei ao último, com a data de uma semana antes.

Querida Gi,

acho que o momento está se aproximando. Contrariando todos os médicos, estou vivo há mais de um ano sem o tratamento. Sei que a bomba está grande, eu até sinto a pressão, às vezes. Tem convulsões das quais acho que não vou voltar mais, mas acabo voltando para você.

Algo mudou desde o final da semana passada. Eu vi algo, fui atrás e comprovei. Talvez minha hora esteja mesmo chegando. Hoje sei que você vai sofrer quando eu for, mas eu também sei que vai ficar bem.

Foi doloroso no dia, eu até tive que beber um pouco para suportar, mas, quando deitei ao seu lado e te perguntei se ainda me amava, e você falou "mais do que a vida", fiquei tranquilo. Sei que seu amor por mim nunca irá morrer. Eu vou morrer, esteja preparada, estamos vivendo contra o relógio há muito tempo. Estou cansado de lutar, quero me entregar.

Espero que nossa viagem tenha sido perfeita, está sendo perfeita, estou escrevendo daqui, de Amsterdã. Você está dormindo deliciosamente na cama, e eu estou na sala escrevendo, mas se prepare, vou te acordar e te pegar de jeito. Adoro te comer, adoro falar que vou te comer, sei o quanto você também gosta.

Estou em paz com você, confio no seu amor, tanto que me sinto pronto para te deixar. Sinto que essa viagem será nossa despedida, e espero que minhas últimas palavras para você sejam "eu te amo para sempre", porque é isso que sinto: um amor, uma gratidão imensa por você. Se sobrevivi um ano sem tratamento, e ainda em um ritmo acelerado, foi por você, por todo amor, todo desejo que sinto por você. Você foi a melhor coisa que aconteceu na minha vida, lembre-se disso sempre, e me perdoa por não te fazer feliz para sempre, mas sei que ele vai. Te amo.

Seu Rafa.

Droga, ele vai?

— Rafa, você queria que suas últimas palavras fossem "eu te amo", mas suas últimas palavras foram: "Amor, quero um refrigerante, pode buscar pra mim?". E depois se foi, mais nenhuma palavra. Eu sabia do seu amor, sempre soube.

Ele também sabia, agora tenho certeza de que, em momento algum, ele duvidou do quanto eu morreria por ele, se fosse preciso. Preferiria mil vezes eu a morrer no lugar dele.

Rafa sempre foi gentil, amável, humano, o mundo está pior sem ele. As cartas me ajudaram, passei a noite toda lendo, e fui dormir com o sol já no alto. Fiquei com as cortinas fechadas, e Maria sabia que não era para me incomodar. E assim foi o meu primeiro dia em minha casa sem meu Rafa, sem meu amor.

CAPÍTULO 14

Eric

DROGA DE SILÊNCIO. HÁ MAIS DE DUAS SEMANAS ESTOU SEM SABER notícias dela. Vou ao bistrô e nada de ela aparecer. Nem ouso perguntar por ela para os funcionários, ela é casada e todos amam o marido dela, logo, serei inconveniente.

Até dois dias atrás eu ainda tinha alguma esperança de saber algo, pois Bernardo conversava direto com Duda, principalmente agora que eles tinham dado o primeiro passo, já tinham transado, e meu amigo parece que ficou mais apaixonado do que nunca. Mas, para seu desespero, Duda sumiu. Não respondia mais às suas ligações, só deixou um recado dizendo que aconteceu um grande problema e que, quando ela pudesse, falaria com ele. E assim foram dois dias, ele estava tão desesperado que foi para a casa dela.

O almoço, hoje, foi uma droga. Giovanna já deveria ter voltado da viagem e, com certeza, estaria trabalhando, mas ela não estava no bistrô, mais uma vez. Então o almoço desceu mal. Voltei para o escritório, sempre olhando nas ruas, dentro dos carros do mesmo modelo do dela, mas nada. Estranhei quando Bernardo entrou com uma cara de enterro.

— Caramba, a Duda ainda está te dando uma canseira? — Ele não sorriu, apenas sentou-se.

— Não, cara. Ontem fui falar com ela, exigir uma explicação pelo sumiço, e o que descobri foi de tirar o chão. Você vai entender tudo.

— Caramba, Be, fala logo. — Se eu já estava cabreiro antes, depois de vê-lo assim, fiquei dez vezes pior.

— O Rafael, da Giovanna, morreu. — Levantei da minha cadeira assustado. Não era possível, Deus do céu.

— É brincadeira sua, Bernardo. Olha, cara, esse tipo de brincadeira não se faz. — Jesus, não era brincadeira dele.

— É verdade, cara. Concordo que esse tipo de brincadeira não se faz. — Sentei novamente. Bernardo estava visivelmente abalado e eu estava com falta de ar.

— Deus, como?

— Na viagem ele teve uma convulsão, entrou em coma e teve morte cerebral. Em dois dias dois médicos confirmaram, e desligaram os aparelhos que o mantinham vivo.

— Meu Jesus. Mas como, teve convulsão do nada? — Bernardo estava muito evasivo.

— É aí que entra a parte que você vai entender tudo. O cara descobriu há dois anos que tinha um tumor cerebral inoperável, maligno, fez tratamento por um ano sem resultados. Mas, no último ano, ele desistiu do tratamento e resolveu viver uma vida normal, trabalhando, vivendo, viajando, namorando, tudo perfeitamente. — Minha cabeça estava fervendo.

— Meu Deus, era isso que a Giovanna dizia quando falava que era complicado, quando ela dizia que eu não estava na pele dela para saber o que ela passava.

— Pressionei mais a Duda e ela disse que, há dois meses, ele fez um pedido estranho para a Giovanna: pediu para ela tentar encontrar alguém para ficar ao lado dela quando ele partisse. Ele era muito protetor com ela e não queria deixá-la desamparada. É louco, eu sei, mas era isso o que ele queria.

— Bernardo, por isso ele veio aqui e me perguntou o que eu sentia por ela, e, quando eu disse que desistia, pois ela sempre o amaria, ele me disse para não desistir.

— Acho que ele acreditou que você cuidaria dela e decidiu que era hora de parar de lutar. Duda falou que ele estava sofrendo muito nos últimos dias, tinha muita dor de cabeça, vômitos, mas ele tentava disfarçar ao máximo. Tinha dias que eu achava que ele estava mais abatido, mas sempre bem, nunca imaginaria que ele estava morrendo.

— Nossa, agora tudo faz sentido. Quando ela topou se encontrar comigo, foi para tentar cumprir com o que ele pediu. Deus, que homem é esse? Ela deve estar arrasada.

— Arrasada é pouco. Ela ficou sozinha com ele lá em Amsterdã, cuidou de tudo sozinha, viu os médicos desligarem os aparelhos do marido. Cara, que barra. Ela fretou um avião e o trouxe em um caixão, depois veio junto, no carro da funerária, de Cumbica até o cemitério. Olha, não sei de onde ela tirou forças. — Nem eu.

— Onde ele foi enterrado?

— Congonhas.

— Certo, mande entregar muitas flores, várias, todas que conseguir na sepultura dele. Você me ouviu, todas que conseguir, o cara merece. Que droga a Duda esconder isso da gente, eu queria ter estado lá.

— Eu também, mas agora acho que é melhor você deixar esse luto inicial da Giovanna passar, cara, depois você procura por ela. Ela está mal, e acho que te ver não vai ajudar. — Caramba, Bernardo está certo. Não tinha como encontrá-la e desejar meus pêsames, sendo que eu queria ficar com ela enquanto ela ainda era casada com ele. Que confusão.

— Você está certo. Vou deixar acalmar as coisas, depois eu a procuro.

Bernardo ainda ficou um pouco mais. Depois que ele foi embora, resolvi fazer o que jurei nunca mais fazer, procurar por ela no Google. Encontrei uma nota:

Rafael Rebouças, 38 anos, investidor famoso, faleceu em Amsterdã durante uma viagem de férias com sua esposa. Ele sofreu uma convulsão, que o levou à morte cerebral.

Ao lado da nota, uma foto de Giovanna, arrasada, com os olhos inchados e vermelhos, e uma foto do caixão de Rafael, branco. Eu não conseguia acreditar ainda que isso estava acontecendo.

Rafael era uma pessoa tão boa que não merecia. Ele era uma dessas pessoas que deveriam viver, no mínimo, até os cem anos. Só fazia o bem, era gentil, e amava Giovanna acima de tudo. Por que *"os bons morrem jovens?"*.

Procurei sua página na rede social, tinha uma foto deles dois juntos, e ela não atualizou, é claro. Tinha muitas mensagens de condolências, mas ela não tinha respondido a nenhuma ainda. O cara era realmente muito querido. A última foto que ela postou foi dos dois perto das famosas flores em Amsterdã, dois dias antes da morte dele. Estavam felizes, se beijando, com o fundo colorido das flores. Pela primeira vez, o beijo deles não me deu aquele frio na barriga desagradável.

Esperar, que nada! Decidi ir atrás dela. Bernardo me deu o endereço e eu iria até lá agora, precisava vê-la. Peguei meu carro e voei pra lá. Cheguei depois das seis horas da tarde. Conversei com o porteiro, expliquei que ela não iria querer me ver, mas eu era um amigo, falei do seu marido, e ele acabou me deixando subir. Bati em sua porta, ela demorou para abrir, mas, quando abriu, meu coração quase saltou no peito.

— O que você está fazendo aqui? — ela jogou na minha cara, logo que eu entrei e ela fechou a porta. Estava brava. Eu entendia o luto, mas não a raiva.

— Vim para ver como você está, eu soube de tudo e eu sinto muito. — Ela ficou olhando para mim, e eu vi quando ela percebeu algo. A compreensão de algo a atingiu em cheio.

— Naquele dia em que ele te ouviu falando que eu não era uma mulher para você, ele foi atrás de você, não? — Entendi aonde ela queria chegar.

— Sim, ele foi atrás de mim, conversamos no meu escritório.

— Você contou a ele, não contou? Como você pôde? — Ela estava indignada, gesticulando muito.

— Não, não falei nada. Ele só me pressionou para falar sobre meus sentimentos e eu falei que te amava, que eu não queria, que nunca nem tinha admitido pra mim, mas que eu amava. — Eu comecei a ficar alterado. — Disse que sabia que você o amava e que você não o deixaria por mim, nunca. — Ela começou a chorar. Tentei me aproximar dela, ela não deixou e começou a se afastar mais.

— Foi por sua culpa que ele me deixou! — ela gritou, e eu não entendi como ela chegou a essa conclusão. Eu não falei nada de mais para ele.

— Como? Eu não falei nada para deixá-lo nervoso.

— Ele escreveu, em uma das cartas que me deixou, que só estava resistindo por minha causa, que ele queria saber que eu tinha aberto meu coração para alguém. E ele viu, viu que você, possivelmente, me faria feliz e desistiu de viver. Foi você! Foi você falar do seu sentimento que o fez se entregar. — Ela chorava e falava de cartas que eu não entendia.

— Ele deixou cartas para você? — perguntei confuso.

— Deixou em seu computador. Ele escreveu todas as semanas relatando como ele estava, e a última carta ele terminou com um pedido de desculpas por não me fazer feliz para sempre, mas sabia que ele iria. Ele é você. — Ela apontava pra mim enquanto falava. — Ele viu o sentimento. Eric, saia da minha casa. Desde que você se aproximou de mim, você só trouxe confusão para a minha vida.

— Espera aí, Giovanna, foi você quem veio atrás de mim, não me acusa de nada. Ele também percebeu que você sentia algo por mim, ele disse para eu não desistir de você. — Agora eu era ao culpado?

— Meu Deus, ele desistiu mesmo por sua culpa. Eu falei para você que seria apenas aquela noite, mas você não levou a sério. Me perseguiu, perseguiu o Rafa, queria descobrir o porquê da minha traição. Pronto, agora você sabe, e graças a esse sentimento louco que você desenvolveu, ele desistiu de ficar do meu lado! — Ela gritava cada vez mais alto. — Agora saia da minha casa, não quero te ver nunca mais. Você representa tudo de errado que fiz com ele, toda traição sem que ele merecesse. Suma da minha vida, nunca mais me procure, esqueça que eu existo, Eric. Você tirou de mim o homem que eu mais amava, não quero te ver nunca mais.

— Você está sendo irracional. Ele desistiu porque não aguentava mais lutar, porque estava sofrendo. — Ela me olhou com fúria.

— Cala a boca, o que você sabe dele? Nada! Você só queria comer a mulher dele.

— Cala a boca, você! — gritei também. — Sei que está sofrendo, e que precisa encontrar um culpado, mas não existe culpado nessa história. Se quiser culpar algo, culpe o tumor, ele sim levou o homem que você amava, não eu. E não, eu não queria só comer a mulher dele, eu amava a mulher dele, ouviu? Amava! Já não sei se amo mais depois de todas essas acusações.

— Eu não quero seu amor, não quero que me ame, quero que me esqueça, que saia da minha vida, agora! — Ela ainda gritava e eu desisti.

— Vou sair com prazer. Eu vim para te dizer o quanto senti por ele, que ele não merecia passar por isso, mas agora eu vejo que você merece essa dor. Parabéns, fique com ela. — Fui em direção à porta.

— Eu vou ficar com minha dor, sim, e com o amor do único homem que já amei na vida e que você tirou de mim. — Ela abriu a porta para eu sair.

— Continue falando isso, quem sabe uma hora você acredita de verdade. — Eu saí e ela bateu a porta nas minhas costas.

Sei que a dor de perder alguém é grande, mas ela não tinha o direito de me acusar de nada. Eu sinto muito mesmo por ele ter partido assim, mas ela merece ficar com essa dor. Saí do apartamento decidido a tirar a Giovanna da minha vida, nem que seja a força. Ela não merece meu amor.

CAPÍTULO 15

Giovanna

Cada dia é uma luta, que acho que não vou conseguir enfrentar. Tudo dói. A cada hora que passa sinto meu coração apertar, ainda sinto frio na barriga quando chego em casa. Há quatro dias estou andando de um lado para o outro como um zumbi. Sei que já emagreci, pois não consigo me alimentar. Meu pai ficou comigo por dois dias, mas eu pedi para que ele me deixasse sozinha. O olhar de compaixão que recebo das pessoas que amo, e que me amam, é doloroso demais.

Um dos piores momentos foi quando Duda trouxe o Bruno na tentativa de me animar. Ele conseguiu, mas, quando ele perguntou do padrinho, senti meu mundo sair do eixo novamente, e desabei em choro.

Rafael ficou comigo por cinco anos, e é impressionante como ele dominou minha vida. Seus amigos viraram meus amigos, os meus viraram os dele, não temos uma pessoa que seja somente minha ou somente dele, então, a comoção é geral. Por onde ando vejo o carinho que tinham por ele e minha dor estampada na cara de cada um.

Hoje é o quarto dia após seu enterro, ainda vou ao cemitério todos os dias. No primeiro dia que fui visitá-lo fiquei impressionada com o tanto de flores que tinham deixado em sua sepultura. Estava repleta, e ainda entregariam mais, pois a quantidade não foi compatível com o espaço, então eles entregariam aos poucos. Depois vi que eram de Eric.

O Eric é um capítulo acabado em minha vida. Assim eu espero. Não consigo esquecer que foi por causa dele que Rafa desistiu. Tudo o que Rafa queria era que eu abrisse meu coração, e que ele visse, para poder descansar em paz. E, quando ele viu esse sentimento maldito do Eric por mim, foi o suficiente para ele me abandonar. Cada vez que pensava isso sentia minha garganta fechar.

Eu passava os dias no cemitério. Foram quatro dias seguidos, eu não tinha outro lugar para ir. Na verdade tinha, mas não queria. Eu só saía dali para resolver as pendências do Rafael, e tudo o que tenho que resolver como viúva. Deus, como essa palavra me dói.

À noite, quando tinha que ir para casa, eu relia suas cartas, suas palavras eram um bálsamo para minha dor. Eu ficava quase a noite inteira lendo, até que o cansaço me vencia e eu dormia. Quando acordava, fazia tudo novamente.

Hoje acordei lembrando o dia em que nos conhecemos. Foi uma atração tão forte que nos entregamos um ao outro no mesmo dia e eu imaginei que não rolaria nada sério. Afinal, quem resolve namorar alguém que se entrega no primeiro encontro? Mas ele, por algum motivo, viu que não era com frequência que eu fazia aquilo, e eu sabia que não era algo que ele fazia também.

Cinco anos antes

Depois de horas de viagem, Duda ainda tinha fôlego e disposição para curtir uma balada. Eu estava morta de cansaço e com a cabeça fervilhando de ideias para meu bistrô, mas decidi ir com ela. Chegamos e ela conhecia o dono da casa, então entramos direto, sem filas. Já nos abastecemos com álcool e fomos para a pista, dançamos muito, e alguns caras chegaram, mas ninguém que me chamasse atenção.

Duda já teve sorte, começou a dançar com um cara e eu falei que iria até o bar, pedi uma cerveja e fiquei esperando. Fui empurrada contra o balcão, e já estava virando para brigar, quando ouvi um pedido de desculpas masculino. Virei-me e quase caí para trás.

— Desculpa, às vezes me esqueço de que meus amigos ainda estão em idade escolar, pelo menos na cabeça. — O cara era simplesmente espetacular. Loiro, alto, forte, com uma barba por fazer de uma semana, o rosto mais perfeito que já vi. Fiquei muda e balancei a cabeça. Ótimo, nada saiu da minha boca, absolutamente nada. Ele insistiu. — Você me desculpa? Parecia que me daria uma baita bronca, e, de repente, ficou muda. — Eu consegui levar para minha boca as palavras que estavam na minha cabeça.

— Deixa pra lá, tudo bem. Eu ia brigar mesmo, mas você pediu desculpas antes. Sem problemas, afinal, estamos em uma casa completamente lotada, esbarrões são inevitáveis — disse e me virei para pegar minha cerveja. Ele se encostou de costas para o balcão e ficou olhando pra mim.

— Já tinha te visto dançando com sua amiga, mas parece que ela te deixou sozinha — ele disse, apontando para Duda, que estava praticamente comendo o cara.

— É, mas ela não vai embora com ele, é só uma pegaçãozinha. Depois ela se despede e vamos sozinhas para casa.

— Sério? Vocês são certinhas assim?

Sorri para ele.

— Sim, somos certinhas assim. — Fui me afastando dele, que não deixou, e me segurou pelo braço.

— Dança comigo? — Ele ficou bem próximo de mim quando pediu, e eu fui praticamente hipnotizada. Como dizer não?

— Sim, claro, é só me acompanhar. — Me soltei e fui para a pista. Ele sorriu e me seguiu devagar, ele era bem mais velho do que eu. Cheguei perto de Duda e comecei a dançar. Ela me viu e se afastou de seu carinha, começamos a dançar juntas, levantei as mãos. Pulava e me mexia ao som da música, quando senti uma mão na minha cintura, olhei para trás e era o loiro.

— Nossa, estou ficando louco aqui te vendo dançar assim. — Me virei para ele, que não me soltou. Agora suas mãos estavam nas minhas costas. Começamos a nos mexer, a música estava alta demais. Sorríamos um para o outro, estávamos grudados, então olhei para cima, para seus olhos, ele segurou meu pescoço e me puxou para um beijo. Não resisti e me entreguei. Seu beijo era... uau! Paramos de dançar e nos dedicamos ao beijo, até que nos afastamos para respirar. — Vem comigo — ele falou e me puxou.

Fomos para um canto da casa noturna, uma espécie de corredor isolado. De mãos dadas, chegamos ao final do corredor e ele me prensou contra a parede. Ele era alto, uns bons centímetros a mais do que eu, colocou suas mãos na parede ao redor da minha cabeça e me beijou. Seu corpo musculoso me prendia, ele já estava excitado, e eu comecei a passar minhas mãos por todo seu corpo rijo, delicioso. Eu já estava ofegante com seu ataque.

— Vamos sair daqui? Vem para meu apartamento? — ele falou perto do meu ouvido, quase sem fôlego.

— De jeito nenhum. Esqueceu que sou certinha?

— Não faz isso comigo, estou louco por você. Quebre suas regras, só hoje, só comigo. — Ele beijou meu pescoço e a pele embaixo do meu ouvido, quase me fazendo aceitar sua proposta. — Pelo menos vamos até meu carro, mesmo que não aconteça nada. Só quero ter um pouco de privacidade com você. Eu prometo que vou te respeitar.

— Mesmo que não aconteça nada, me engana que eu gosto. — Eu brinquei e ele me olhou sério.

— É sério, nunca forcei nenhuma mulher a nada, você não será a primeira e, normalmente, eu cumpro minhas promessas. E eu prometo a você que, se você não quiser, não faremos nada. — Ponderei o que ele disse, me pareceu muito sincero e eu, na loucura do momento, aceitei ir até seu carro.

Avisei Duda, que ficou em alerta e deu uma boa olhada nele. Ele entendeu, entregou um cartão com o nome dele, mostrou um documento para ela — foi hilário — e saímos juntos. Seu carro estava no estacionamento, que era um pouco isolado. Confesso que senti um arrepio de medo. Eu era louca mesmo em aceitar sair com um cara que eu nem conhecia, que poderia ser facilmente um assassino. Como se lesse meus pensamentos, ele falou:

— Fica tranquila que não sou um assassino, sou realmente Rafael Rebouças, um investidor. Juro que nada mais do que isso. — E riu, destravou seu carro e entramos. Era todo escuro, sentamos na parte de trás e ele foi até a frente e ligou o som. Colocou Pink — "Just give me a reason", *música linda:*

Desde o início, você era um ladrão
Você roubou meu coração,
E eu a sua vítima involuntária...

Ele voltou a sentar-se ao meu lado, mas não fizemos nada, só ficamos ouvindo a música. Ele também parecia nervoso.

— Eu sou mais velho do que você, óbvio, mas também não costumo fazer isso. — Ele apontou para ele e para mim.

— Quantos anos você tem? — perguntei.

— 33 anos, e você, Giovanna? — Ele brincou com meu nome.

— 24. — Rimos.

— Muito novinha — ele brincou.

— E você, muito velho. — Paramos de rir, ele colocou a mão na minha coxa e o clima dentro do carro mudou. Onde sua mão tocava, eu sentia o fogo dele se infiltrar na minha pele. Eu respirei fundo, sua outra mão veio para minha nuca e ele ficou olhando pra mim antes de colar seus lábios nos meus. Nos beijamos lentamente e, aos poucos, foi ficando mais intenso. Nossos gemidos começaram a se sobrepor à música e logo estávamos ofegantes.

Resolvi me movimentar e fui para cima dele, coloquei minhas pernas uma de cada lado de seu quadril. Suas mãos foram para meu quadril, e me apertaram firme contra ele. Nos separamos e ele começou a me beijar no pescoço. Eu estava usando um vestido preto soltinho e curto, que logo estava quase na minha cintura. Suas mãos me exploravam e eu não queria parar, não agora.

Rafael puxou meu vestido acima da minha cabeça e eu estava apenas com minha lingerie em seu colo. Ele me olhou bem.

— Jesus, você é muito linda, muito gostosa. — E atacou meu colo, beijando a parte de cima dos meus seios, me mordendo de leve, chupando. Não aguentei mais, levei minhas mãos nas costas e abri meu sutiã. Ele tirou as alças beijando por todo caminho, seus lábios encontraram meus seios, meus mamilos já estavam duros, então ele beijou e chupou, me deixando ainda mais desejosa.

Sua mão foi para minha calcinha, até que percebi que ele estava todo vestido ainda. Encontrei a barra da sua camiseta e a puxei, a visão de seu peito tanquinho cheio de pelos claros me tirou o fôlego. Procurei o botão do seu jeans e abri, desci o zíper, me levantei do seu colo e ele tirou o resto, ficando apenas com uma boxer preta perfeita. Nos beijamos com fervor, suas mãos estavam nos meus cabelos me segurando firme.

— Vou ter que fazer isso, juro que te recompenso depois. — Ele falou e, logo em seguida, rasgou minha calcinha dos dois lados.

— Não acredito que você fez isso — falei, fingindo indignação. Na verdade, achei muito sexy.

— Eu avisei que recompenso depois. Eu precisava rasgá-la, não tirá--la. Precisava ouvir o barulho do tecido e saber que fui eu quem fez e que você deixou. — Confesso que foi bruto, mas sensacional.

Levantei novamente e ele entendeu que era para ele tirar a cueca. Ele tirou e já pegou um preservativo, colocou e se posicionou na minha entrada. Com o dedo viu que eu estava extremamente pronta. Ele puxou o ar pela boca e nos uniu, e eu soltei a respiração, que nem sabia que estava prendendo.

— Deus, gostosa demais, apertada pra caramba. — Começamos a nos movimentar, mais eu do que ele e ele jogava a cabeça para trás. Nos entregamos cada vez mais às sensações e, por fim, o orgasmo nos atingiu ao mesmo tempo. Foi como se tivéssemos nos jogado em um mundo de sensações e prazer, mas que tinha acabado e éramos, novamente, dois estranhos.

Coloquei minha roupa e mandei uma mensagem para Duda perguntando se ela estava pronta para ir embora. Ela respondeu que sim, então eu me despedi dele e passei meu número. Ele testou para ver se era o número verdadeiro, meu celular começou a tocar e mostrei para ele.

— Só queria conferir se você não me enganou dando número errado.

— Eu gostei de você, Rafael, não teria motivo para fazer isso — falei enquanto me preparava para sair do carro.

— Que bom, porque eu também gostei muito de você, e vou te ligar. — Já estávamos do lado de fora do carro, ele me beijou. — Amanhã eu te ligo. — Concordei e fui procurar pela Duda, nosso carro estava no mesmo estacionamento. Fui embora com a sensação dele em mim, foi difícil esquecer e conseguir dormir.

* * *

Ele me ligou no dia seguinte, e no outro, e no outro, até que saímos novamente. Nos conhecemos e, seis meses depois, nos casamos. Nosso casamento foi perfeito, em um hotel. Um juiz de paz nos casou em um salão do hotel repleto de flores, com nossos poucos amigos e familiares em volta, e meu pai ao nosso lado. Nessa época, Rafael já tinha feito de tudo para que nos reaproximássemos, porque ele dizia que não admitia que minha única família, já que minha mãe tinha falecido, era tão distante de mim.

Peguei uma foto, que ficava no aparador da sala de jantar. O juiz tinha acabado de nos declarar marido e mulher, estávamos de frente um para o outro, ele segurava minha cabeça com as duas mãos, eu também, e sorríamos um para o outro. O fotógrafo tirou a foto do lado esquerdo, então pegou nossas alianças, e a luz refletida deu um brilho diferente.

A foto era perfeita, o momento era perfeito, nossa vida era perfeita. Fui até o aparelho de som e coloquei uma música que ouvi quase todos esses dias, desde que ele me deixou: "*So Far Away*", do Staind. Chorei novamente, porque era exatamente o que eu sentia no momento:

Esta é a minha vida, não é o que era antes,
Todos esses sentimentos que eu compartilhei,
Estes são meus sonhos, que eu não vivi antes,
Alguém me sacuda, porque eu devo estar dormindo,
Agora que estamos aqui, é tão distante,
Toda luta que nós passamos foi em vão...

Tudo foi embora com ele, me sinto vazia por dentro. Eu como para não morrer de fome, bebo para não morrer de sede, tomo banho para não ficar fedendo. Esses primeiros dias têm me matado aos poucos, nem toda ajuda que recebo, nem todo o apoio, me alivia em nada. Rafael era minha vida e ela foi embora junto com ele.

Mais um dia em que vou ao cemitério; sempre compro uma flor e sigo para lá. Seguro a vontade de chorar ao me aproximar do túmulo, sempre cheio com as flores do Eric. Hoje eu estava um pouco revoltada, com raiva do mundo, as flores em excesso irritaram. Cheguei ao túmulo, chutei a que estava em cima do seu nome e coloquei a minha. Sentei-me perto da placa.

— Por que, meu Deus? Por que levou meu marido, meu amor? Por que só meu deu cinco anos ao lado dele? Por que ele não lutou mais? — Comecei a chorar, nem me importando com as pessoas que estavam andando por aqui, esse momento era meu.

Olhei as flores e comecei a destruí-las, despedacei cada uma, não queria nada do Eric perto do Rafael, nada. No meio de choro, grito e raiva, senti alguém me segurando. Olhei para ver quem era, e era meu infortúnio. Eric me segurava apertado nos seus braços, tentei sair, ali era o último lugar que queria estar.

— Calma, calma, estou aqui, sei que está com raiva do mundo, de mim, mas desconte em mim, estou aqui para isso. — Ele me soltou e olhei bem em seus olhos, deixei a raiva tomar conta mais ainda das minhas atitudes e comecei a bater nele.

— Por que, Eric, por que você foi atrás de mim aquele dia? Por que falou aquilo? Por que não negou quando ele perguntou se me amava? — Eu batia nele a cada pergunta, ele deixou, só se defendia um pouco. Era bom poder extravasar um pouco a raiva acumulada junto com a dor. Bati até sentir a palma da minha mão doer, as lágrimas escorriam pelo meu rosto, até que cansei, me afastei e fui terminar de destruir as flores.

Ele não me impediu, eu precisava disso, precisava colocar tudo para fora. Estraguei todas as flores e caí sentada perto de sua placa, deitei e fiquei acariciando seu nome, meu sobrenome. Droga, como o mundo é injusto. Eric se aproximou de mim, sentou ao meu lado e me puxou para seus braços. Depois de tantos dias chorando sem parar, ainda tinha lágrimas, parecia que eram infinitas. Apertei-me nele e chorei mais um tanto enquanto ele tentava me acalmar, falando palavras como: *"Calma, está tudo bem, vai ficar tudo bem. Você vai sair dessa, ele te amava, estava cansado de lutar, deixa ele ir em paz"*. Meu Deus, ouvir as palavras dele estava me fazendo bem, até que consegui me acalmar.

Levantei do chão, saí dos seus braços e me recompus. Já era tarde, logo fechariam o cemitério.

— Desculpa por tudo, Eric, desculpe por ter te batido, por ter estragado suas flores, por ter te acusado. Eu sei que ele morreu porque não aguentava mais, sei que, agora, ele está descansando, sem dor, mas é muito difícil viver sem ele. Está praticamente impossível, tenho vontade de desistir de tudo, só não sei por que ainda não o fiz. — Ele segurou meu rosto e falou com delicadeza.

— Ei, Gi, para de falar assim. Tudo nessa vida tem um propósito, você ainda tem muito o que fazer aqui.

— Tenho? O quê? Ele não me deixou nem um filho para que eu pudesse vê-lo na criança, para que eu não desistisse por causa da criança — eu estava desesperada mesmo — Ele não quis me deixar com essa responsabilidade, ele sempre falou que era muito importante para a criança crescer ao lado do pai e ele não queria que o filho dele crescesse sem nenhum. Eu não tenho motivos para viver mais.

— Caramba, Gi, viva por você, não viva por ninguém. — Ele pegou meus braços e sacudiu. — Você tem um monte de gente que te ama, que sofreria muito se você desistisse de tudo. Apenas viva por você mesma, só assim você vai conseguir superar. — Puxei meus braços de volta, não queria mais ele me tocando.

— Me deixa, Eric, vou embora. Não me procura mais, eu não quero mais te ver, e cancele essas malditas flores, não quero mais vê-las amanhã.

Saí sem olhar para ele. Eric, no momento, representava tudo o que eu não queria. Ele mostrou ao Rafael que eu estaria segura com ele, e Rafa foi embora. Eu não poderia mais conviver com Eric depois de tudo.

CAPÍTULO 16

Eric

Vê-la arrasada assim me matava por dentro. Ela estava sem vida, sem aquele brilho no olhar, que era tão característico dela. Mesmo ela me acusando naquele dia em sua casa, eu não consegui ficar longe.

Ainda não tinha visitado Rafael no cemitério e decidi fazê-lo. Cheguei lá e ela estava acabando com todas as flores, chorando muito. Fui corajoso e a peguei nos braços, deixei que ela me batesse, me xingasse, era isso que ela precisava. O luto possui fases: a negação, a raiva pelo acontecido, a aceitação e o seguir em frente. Achei que ela ficaria muito tempo na negação, mas, como eles estavam vivendo a doença nos últimos dois anos, então, ela passou pela negação rápido. Agora estava com raiva de Deus e do mundo.

Tenho certeza de que me bater ajudou um pouco. Eu estaria ali por ela, sempre que ela precisasse. Eu a amava, ela já estava sob minha pele, não conseguia ficar longe, por mais que tentasse.

Depois que ela, mais uma vez, me rejeitou e disse para eu não procurá-la mais, voltei para meu apartamento destruído. Não sei até quando aguentaria ver meu coração sendo massacrado, mas era o luto dela, eu tinha que respeitar. Além disso, ainda tinha uma esperança de que, depois de tudo, algum sentimento que ela nutriu por mim no passado pudesse ressurgir e ela me aceitaria em sua vida. Esperançoso demais? Talvez, mas eu a amava demais.

Não tinha ânimo para fazer nada. Parece que, quando Rafael morreu, levou a vida de todos junto com ele. Todos que o conheciam estavam para baixo, deprimidos, afinal ele soube viver, soube fazer o bem, e seria lembrado por todos eternamente, principalmente por Giovanna.

Pedi para entregarem as correspondências do escritório em meu apartamento. Hoje fiquei resolvendo assuntos externos com Bernardo e não tive tempo de abrir nenhuma, faria isso agora. Sentei à mesa da cozinha, com uma cerveja, e comecei a abrir. Havia muitas propagandas, promoções, contas, mas uma me chamou a atenção, tinha meu nome na parte da frente e, quando a virei, senti meu coração parar. Era de Rafael, com o selo de Amsterdã. Ele me escreveu uma carta de lá e enviou para meu escritório, claro, ele não sabia onde eu morava. Não entendo o que ele poderia ter para me dizer, mas sinto que é algo bom, pois tudo o que Rafael plantou neste mundo foram coisas boas. Abri a carta, com as mãos tremendo, e comecei a ler.

Eric,

não sei nem como começar a escrever esta carta. Se estiver lendo, então acho que o pior aconteceu. É difícil pensar assim, mas já me acostumei, sou uma bomba-relógio ambulante e estou cansado.

Se eu já parti, então você já sabe que eu tinha um tumor no cérebro, que desisti do tratamento para poder viver uma vida "normal". Sei que fui egoísta desistindo de tudo, mas o ano em que passei de hospital em hospital acabou comigo e com a Gi. Eu não queria que nossos dias fossem daquele jeito, e quando falei a ela que estava desistindo, nós brigamos, ela ficou sem falar comigo por dois dias, até que aceitou e nossa vida melhorou muito.

Voltamos a sair, a frequentar a casa dos nossos amigos, e eu voltei a trabalhar. Nossa vida era como a de um casal normal, trabalhávamos, saíamos, voltávamos para casa, nos perdíamos nos braços um do outro (desculpe escrever isso, mas é necessário). Gi é intensa, é dominadora, não tem medo de nada, é lutadora. Ela levantou essa rede de bistrôs em dois anos, tenho tanto orgulho dela, de tudo o que ela conquistou. O mundo é pequeno para pessoas como ela.

Há dois meses eu fiz um pedido louco para ela: pedi para ela tentar abrir o coração para alguém, eu não queria que ela ficasse sozinha depois que eu partisse. Me doeu, sentia a dor como uma faca no coração. Eu sei que ela tem todo esse jeito agressivo, mas é frágil quando o assunto sou eu.

Eu a deixei fraca, sentimental, frágil, com a minha doença. Nosso amor sempre foi genuinamente verdadeiro. Desde o primeiro dia em que a vi, eu a escolhi e corri atrás; seis meses depois, a fiz minha mulher. Infelizmente dois anos e meio depois descobrimos a doença. Mas enfim, eu pedi que ela abrisse seu coração e deixasse outro entrar, ela brigou comigo, chorou e falou que jamais faria isso. Mas eu insisti, tirei sua aliança e escondi, e ela, mais uma vez, ficou dois dias sem falar comigo. Vai se acostumando, ela é difícil.

Desde que te conheci, não sei por que, vi um cara muito bom, humilde, sincero, protetor, e eu sabia que Gi também tinha visto isso, ela não se engana com as pessoas. Quando vi vocês juntos, percebi a química no ar, ela tentou disfarçar, você também, mas eu senti que, se ela fosse se abrir para outro sentimento, poderia ser com você.

Deixei-a livre algumas vezes, fiz viagens que não eram necessárias. Eu queria que ela se permitisse conhecer você e você a ela. Sei bem o efeito que Giovanna causa, então tinha certeza de que você a procuraria. Ela sempre me atraiu como um louco por ela, logo, ela faria o mesmo com você. Ela é assim, naturalmente encantadora.

Sei que vocês ficaram juntos, não sou idiota, mas não me importei. Meus dias com ela estavam terminando. Esses últimos meses foram difíceis, as dores ficaram cada vez mais fortes, eu tomava vários remédios para tentar aliviar, mas não estavam mais fazendo tanto efeito. Quando eu estava bem, queria estar com ela, a queria nos meus braços, e eu a tinha.

Quando vi que vocês desenvolveram um tipo de relacionamento, mesmo que fosse você correndo atrás dela e ela se negando, eu sabia que tinha algo mais sério no ar. Ela não queria se entregar por minha causa, eu a vi chorando algumas vezes e sei que foi porque ela ficou com você e aquilo a corroía. Gi sempre foi muito fiel, nunca duvidei disso. Eu pedi para ela conhecer alguém e fiquei grato que ela tenha conhecido você.

Tive certeza de tudo quando vi vocês no escritório, quando você abriu seu coração para ela e disse que era uma pena que ela não era mulher para você. Ali entendi tudo, ela estava te elogiando, falando que você era um homem bom, só não era para ela, porque ela era comprometida comigo.

Fui atrás de você apenas para poder ouvir da sua boca seus sentimentos, e eu vi que eram verdadeiros, puros. Você é realmente um homem do bem. Mesmo derrotado, tendo o coração estraçalhado, você me falou que eu havia ganhado, que ela me amava e que você não tinha chances. Você sabe qual foi minha resposta e sei que você ficou pensando em tudo que falei. Agora você entende.

Essa viagem foi para me despedir dela mesmo. Escolhi Amsterdã, porque já viemos aqui e aproveitamos muito. O lugar é mágico, passei os primeiros dias perfeitamente bem, feliz, mas ontem senti uma dor tão forte que quase não tive coragem de sair da cama. Inventei uma desculpa para ela, que acabou saindo sozinha e me deixando com um tempo para escrever para você.

Acho que não vou sobreviver nem até o final da viagem. Ainda temos uns dias aqui, mas não tenho coragem de pedir para voltar mais cedo. Só de pensar no que ela irá passar com a minha morte, fico apreensivo, mas está difícil aguentar.

Encontrei forças para te escrever porque conheço a Gi. Ela vai te culpar quando ligar tudo, ela vai te odiar, mas lembre-se: o amor irá prevalecer. Não desista dela, vai ser difícil, ela vai trucidar seu coração, mas ela sente algo por você, eu vi.

Eric, estou desistindo de lutar, me entregando a essa maldita doença, essa dor insuportável, porque sei que você vai estar lá por ela. Você falou que escolhe suas batalhas, escolha essa, por favor. Confio em você e no seu sentimento por ela.

Finalizo minha carta pedindo para que tente consolá-la. Fomos somente nós dois por muito tempo, ela deve estar com vontade de desistir, está com raiva de mim por ter desistido, por não ter dado um filho para ela, por não ter querido ficar mais com ela. Então tente fazê-la entender que estava difícil para mim, eu estava com muita dor, e a pressão psicológica de conviver com a morte iminente estava grande. Não foi fácil para mim esse tempo todo, mas eu sobrevivi por ela. Tudo foi por ela e, se decidi partir, foi por ela também, para ela viver, para ela ser feliz, ela merece.

Peço que, depois que ela melhorar um pouco, você mostre a música "Somebody to Die For", *do Hurts. Ela mostra muito tudo o que foram esses dois anos. Peço a você que lute pela sua felicidade, sei que você também merece.*

Sejam felizes, com a minha felicitação e amor eterno.

Rafael.

Puta que pariu. Eu sou forte, porra, um homem, mas o Rafael conseguiu me fazer chorar durante a carta inteira só de ver a devoção, o amor acima de todas as coisas. Meu Deus, por que esse homem tinha que morrer? Ele era bom, e, no momento, até que eu queria ter ido no lugar dele. Abrir mão do grande amor assim porque queria vê-la feliz... Deus, isso não existe, existe?

Liguei meu *notebook*, queria ouvir a música da qual ele falou. Nunca tinha, sequer, ouvido falar dela. Procurei e comecei a ouvir, realmente impressionante:

Eu poderia te arrastar do oceano, poderia te puxar do fogo,
E quando você está de pé nas sombras, eu poderia abrir o céu,
Eu poderia dar-lhe minha devoção até o fim dos tempos,
E você nunca seria esquecida, comigo ao seu lado.
E eu não preciso dessa vida, só preciso de...
Alguém por quem morrer,
Alguém por quem chorar, quando estou sozinho...

Deus, a música é perfeita, mas Giovanna não aguentaria ouvi-la agora. Quanto tempo será que espero até mostrar a ela a carta? Mostrar o que Rafael estava sentindo, o que ele queria para ela. Vou esperar, ela ainda está com muita raiva e ouvir a confirmação de que Rafael desistiu por saber que ela estaria segura comigo só iria chateá-la mais ainda. Vou dar um tempo a ela.

CAPÍTULO 17

Giovanna

Duas semanas depois.

Já se passaram quinze dias, doze horas e quarenta e cinco minutos desde que o médico assinou o atestado de óbito do Rafa. Não que eu estivesse contando, sei porque faz esse tempo que minha vida parou. Hoje eu já consigo levantar e trabalhar, mas faço tudo de maneira automática. Criei uma rotina que consegui seguir e assim sobrevivo.

Acordo, tomo banho, me visto, vou até o cemitério e depois vou para o bistrô de Moema. Não quero correr o risco de me encontrar com Eric, então evito o da Berrini. Só vou lá à tarde, depois do horário do almoço, e me tranco no escritório. Ainda não quero vê-lo, não quero seguir em frente, eu quero o Rafael.

Sim, ainda vou ao cemitério todos os dias, mas fico lá menos tempo agora. Só coloco minhas flores, falo um pouco com ele e vou trabalhar. Estou passando um bom tempo em cada um dos bistrôs, mas fico mais no de Moema porque Jéssica está lá e me aconselha muito. Ela voltou com Marcos e os dois estão mais felizes do que nunca.

Passo no da Vila Olímpia e vou no do centro empresarial. Tenho um no shopping Morumbi ao qual vou menos, pois lá é sempre muito organizado, um dos maiores movimentos que tenho. Tenho um na Faria Lima, outro na Oscar Freire, e tenho mais três que ficam na zona norte, onde eu vou pouco, normalmente, porque são muito longe dos outros. Então acabo fazendo reuniões interativas e acompanho de longe, mas, ultimamente, somente nessas duas semanas, para fugir de tudo, já fui até eles duas vezes.

O que ainda me mantém de pé é poder trabalhar, é resolver um problema aqui, outro ali, conversar com meus funcionários. Isso me ocupa durante o dia, e as horas passam rápido. Quando vejo, é hora de voltar para meu apartamento e para minha depressão.

Hoje eu decidi separar as roupas de Rafael para doar a um brechó chique. Será o primeiro passo para me separar de alguns detalhes que estão tornando minha vida impossível de seguir. Eu não quero esquecê-lo, só não quero ficar remoendo, guardando algo, sabendo que ele não voltará.

Sempre que abro a porta do apartamento tenho que segurar o choro por saber que ele nunca mais estará ali comigo. Depois do banho vou para seu *closet*; não penso, tiro tudo. Ele tinha muitos ternos, camisas, gravatas, calças jeans, camisetas, polos. Retirei tudo e coloquei em malas. Olhei em todos os bolsos antes de guardá-las, mas ele sempre foi muito cuidadoso em não deixar nada. Tirei tudo, roupas novas, velhas. Não quero guardar nada. Só a última peça eu quis guardar, pois era sua favorita, uma camiseta sem marca. Foi o último presente de seus pais antes de morrerem, ele sempre a vestia, usou-a um dia antes de viajarmos. Encostei-a no rosto e senti seu cheiro, estava evitando fazer isso para não desmoronar, mas com essa, foi inevitável.

Decidi não doá-la, seria a única que eu guardaria. Enchi cinco malas gigantes de roupas e sapatos, então dei uma última olhada em seu *closet*, agora vazio. Doeu-me vê-lo assim, mas era o correto, por mim, a fazer. Ainda era cedo, então decidi levar naquele dia mesmo. Pedi ajuda ao porteiro, que me ajudou a colocá-las em meu carro. Quando cheguei até a garagem, senti outro aperto, seu carro estava lá. Eu não estava colocando o carro nessa vaga mais, eu o deixava na de cima, mas pedi ao porteiro para trazê-lo para o subsolo porque era mais fácil para descarregar.

Depois que colocamos as malas no carro, eu agradeci, ele subiu e eu fiquei ali, olhando para o carro. Ele sempre deixava a chave no contato para que, uma vez por semana, o pessoal do lava-rápido o pegasse e lavasse. Eu abri a porta e entrei, o carro estava lavado, teria que cancelar esse serviço. Lembrei da última vez em que quase fizemos amor ali, quando eu estava completamente bêbada e o ataquei enquanto dirigia para casa. Mexi em seu porta-luvas, não tinha nada de mais. Saí do carro respirando fundo para não desmoronar. No dia seguinte levaria o carro para vender, ele amava esse carro, e eu não poderia deixá-lo mais aqui na minha vida. Seria mais uma lembrança dolorosa.

Fui para o brechó, uma senhora muito simpática me atendeu e eu dei tudo, até as malas. Enquanto ela abria as malas, eu resolvi que não queria mais passar por aquilo, então fui embora. Cheguei em casa. Pronto, o primeiro passo eu já tinha dado, agora faltava o carro e os pertences pessoais, desses eu ainda não tinha coragem de me desfazer. Guardei todos os seus perfumes, escova de dentes, alguns hidratantes, sua espuma para barbear, e, claro, seu celular, *notebook* e *tablet*. Tudo estava guardado do seu lado da cama, nas gavetas. Não era o momento para esse passo ainda.

Dormi com mais facilidade. Acordei no dia seguinte e refiz minha rotina matinal. Quando estava saindo, vi que minha correspondência estava se acumulando. Peguei tudo para ver no escritório. Passei no cemitério e segui para o bistrô da Berrini, Claudia queria conversar comigo, então fui para lá mais cedo.

Fui direto para o escritório e a chamei. Ela estava ocupada, mas viria quando se desocupasse. Comecei a olhar minha correspondência e uma carta me chamou a atenção, era de Eric. Por que ele me escreveria uma carta? Abri e ele dizia que, há um tempo, recebeu uma carta de Rafael, que foi enviada de Amsterdã. Ele não sabia a hora de me mostrar, então resolveu me enviar pelo correio, do mesmo jeito que ele recebeu a do Rafa, que estava anexa. Eu peguei o envelope com a letra de Rafa e abri, tinha uma carta enorme. Eu a li e chorei com cada palavra, com cada sentimento descrito ali, toda dor, tristeza e, no final, ele mandando Eric me mostrar uma música. Peguei meu celular, procurei a música na internet, escutei e chorei novamente. Chorar virou minha segunda atividade mais realizada, só perdia mesmo para a respiração.

Claudia entrou depois de um tempo e eu já estava melhor. Conversamos, ela terminou com o cretino do namorado e estava muito melhor. Ela também me contou que estava de mudança para o interior, ela iria me deixar para montar seu próprio restaurante. Fiquei com o coração na mão, mas ela estava seguindo seu caminho.

Quando ela saiu, pedi para chamar o gerente, pois queria conversar com ele sobre a mudança da Claudia. Quando bateram na porta, mandei entrar sem nem ver quem era. Comecei a falar achando que era Manuel, o gerente, mas quando levantei os olhos, vi que era Eric.

Ele estava lindo, com o cabelo mais comprido e a barba grande também. Como já estava começando a esfriar, ele usava um terno escuro, com o colete combinando, uma camisa também escura e uma gravata vermelha. Eu o olhei de cima a baixo, acho que ele percebeu, pois se mexeu desconfortavelmente ou muito à vontade, não sei. Eu disfarcei e me voltei para seus olhos.

— Que bom que te encontrei, você está sumida. Já está melhor?

— Melhor do que você viu há uma semana e meia atrás, mas não totalmente bem — respondi tentando me manter o mais neutra possível.

— Que bom. Queria saber se recebeu o que te enviei. — Ele colocou as mãos nos bolsos da calça e andou um pouco mais para perto da minha mesa.

— Recebi, sim, obrigada por me enviar a carta original, vou guardá-la com carinho. É a letra do Rafa, tenho poucas coisas com sua letra, ele usava mais o computador.

— Eu sabia que gostaria de guardar a carta. Tirei uma cópia pra mim e te mandei a original.

— Você tirou uma cópia?

— Sim, na verdade a deixei no meu computador.

— Por quê? O que tem nela que te faria querer lê-la novamente?

— Eu a leio quase todos os dias, tem sido meu conforto para sua distância, sua frieza. Saber que ele confiava em mim, que ele confiava em nós, mesmo que isso não se torne verdade, só de ler, já me conforta. — Eu estava com os cotovelos apoiados na minha mesa, sentada, então abaixei minha cabeça entre minhas mãos, respirei fundo, e me levantei.

— Eu sei que ele queria que ficássemos juntos, que ele acreditou em você, mas eu não posso, Eric. Eu não quero, na verdade. Eu gostei de você, não sei se ainda gosto. Quando ficamos juntos, foi maravilhoso, mas eu não consigo me envolver agora com ninguém, e também não sei quando vou estar bem para fazer isso novamente. Não vou pedir para você esperar por um dia que talvez nunca chegue, sendo assim, eu te libero de tudo isso.

— Não entendi, você me libera? — Seu rosto caiu bem na minha frente. Ele estava bem confuso, nem eu me entendia direito.

— Sim, é claro que você deve estar se sentindo preso a tudo isso, a esse compromisso em que Rafael te colocou. Ele estava cansado de tudo, e, quando ele viu que você poderia cuidar de mim, decidiu que sua hora tinha chegado e foi em paz, me deixando, como posso dizer, sob sua responsabilidade. Então, eu te libero desse fardo.

— Jesus, Giovanna, você leu mesmo a carta? Se leu, será que foi a mesma que eu li? Porque o que eu li nela foi que ele acreditou no meu amor por você. Ele falou que te deixou fraca por causa da sua doença, mas, em nenhum momento, ele falou que você precisava de cuidados especiais. O que ele quis dizer foi que o amor nos guiaria.

— Mas não é verdade, eu não vou conseguir seguir adiante, não agora. Não sei quando, mas não vou deixar o amor me guiar, estou fechada para tudo isso. — O desespero tomou conta dele.

— Como você pode ser tão insensível? Você leu a carta, até Rafael conseguiu sentir o amor que tenho por você, e você, simplesmente, me joga fora assim?

— Eu não estou te jogando fora, não se joga fora aquilo que nunca se teve. Eu sempre tive o Rafael, foi ele quem me escolheu para casar e eu o escolhi também, não vou conseguir fazer outro homem feliz. Rafael era minha metade, era meu amor. Se todo mundo só tem chance ao amor uma vez na vida, então já tive a minha, Eric, não posso ter com você novamente.

— Deus, nunca pensei que ouviria isso de você, mas foi bom ouvir, foi bom colocar um ponto final nisso tudo. Poderia dar certo. O amor que ele viu é verdadeiro, ele não se enganou comigo, ele se enganou com você. Ele pensou que você tinha aberto seu coração para um novo amor, mas não abriu, você ainda é dele, somente dele.

— Isso é verdade, Eric, sou dele, e com ele eu estava inteira. Agora eu sou uma metade, estou quebrada, infeliz, em depressão, lutando a cada dia, estabelecendo rotinas para sobreviver. Não posso te prender a tudo isso, te peço que me esqueça e viva sua vida. Seja feliz e encontre alguém para te fazer feliz, hoje não sou eu.

Eric não conseguiu falar mais nada, só abaixou a cabeça e foi embora. Eu acho que cometi um grande erro, mas agora não dava e, só de pensar em prendê-lo a uma vida que nem eu estava suportando... Como eu poderia pensar em fazer alguém feliz quando eu não conseguia me ver fora dessa depressão toda? Era demais. Eu não poderia. Foi difícil dizer a ele para encontrar alguém que o fizesse feliz, queria que fosse eu, mas ele falou certo: eu era do Rafael, ainda.

CAPÍTULO 18

Giovanna

Três meses depois...

DIZER QUE MINHA VIDA ESTAVA CORRIDA SERIA O EUFEMISMO DO ano. Depois de um mês do que tinha acontecido, resolvi abrir meu décimo e último bistrô da rede Lapevre, fecharia com dez. Escolhi em Pinheiros, bem no meio de todos os comércios e firmas. Desde que decidi, minha vida tornou-se uma correria alucinante. Decidi o lugar, fechei o aluguel, chamei meu RH e acompanhei as entrevistas. Fiz tudo no projeto, desde a compra das mesas até a escolha do *chef*, que era um homem, um príncipe, na verdade. Ele atrairia minha clientela apenas por ser bonito, e ainda era talentoso.

Duda pintou o lugar para mim novamente. Tudo tinha suas mãos e seu talento, e hoje seria a inauguração. Investimos no marketing, fiz até propaganda na televisão, comprei alguns horários nas grandes redes e contratei aquele canal de ofertas para a divulgação, então esperávamos um grande público. Desde que resolvi investir em propaganda, meus clientes aumentaram consideravelmente.

Na minha vida pessoal, eu já havia melhorado, já conseguia sorrir de verdade. Contei com a ajuda dos meus amigos, e Duda resolveu não me deixar em paz até que resolvi abrir o décimo bistrô, daí ela me viu empolgada com o projeto e me liberou. Bernardo deve ter ficado com ciúmes, porque todos os dias ela ficava na minha casa. Ela estava namorando sério, com ele, nunca a vi gostar tanto de alguém como gostava dele, era lindo de ver.

Rafael estava cada vez mais distante. Foi difícil me desapegar dele e de tudo o que passamos juntos, mas, a cada dia, era um passo em direção à luz. Eu o amava com todas as minhas forças, mas eu consegui seguir em frente, ele estaria sempre comigo. Minhas lembranças da nossa vida juntos estão vivas, mas eu sinto que meu coração está forte e reconstruído para alguém. Eu também sei que ele só quer uma pessoa, mas não tive coragem de ir atrás dele ainda.

Duda não me fala nada dele, não sei se ele está namorando ou se está sozinho. Bernardo também toma cuidado para nunca falar dele enquanto está perto de mim. Não sei como eles conseguem, mas eu realmente não tenho notícias do Eric, só sei que ele viajou por um tempo, pois fiquei sabendo, sem querer, enquanto ouvia uma conversa dos dois. Acabaria com minhas dúvidas no dia seguinte.

Bruno ia fazer quatro anos e Duda decidiu fazer a festa dele em um buffet muito bom. Eu soube que ele foi convidado e, claro, iria, afinal era o filho da namorada do seu melhor amigo. Mas deixando o dia seguinte para o dia seguinte, naquele dia, teríamos que arrasar no bistrô.

Já era hora de abrir. Faríamos um coquetel de inauguração e eu chamei todos os nossos amigos. Duda fez mistério em uma parede, não me deixou ver. Trabalhava à noite e de dia ficava coberta, eu não quis estragar sua surpresa e não vi mesmo.

Coloquei um vestido rosa longo e soltinho, uma maquiagem leve e estava pronta. Abrimos as portas e logo meus amigos começaram a entrar, e algumas pessoas diferentes também. Eu as recebia na porta com uma taça de champanhe para cada uma. Eu resolvi abrir à tarde; naquele dia, especialmente, não teríamos horário do almoço, era mais para o público conhecer o local.

Todos meus *chefs* e *subchefs* vieram, fiz questão de mandar buscá-los, assim como os gerentes. Estava lotado quando Duda chamou a atenção para um discurso.

— Queridos, hoje é um dia muito especial. Giovanna, que todos conhecem, nos presenteou com mais um local agradável, selecionado e maravilhoso para almoçarmos ou passarmos um tempo com os amigos. Eu fiz uma surpresa para ela nessa parede. — Ela apontou a parede coberta com um pano. — Espero que ela goste.

Duda puxou o pano e o que eu vi quase me fez cair de costas: ela desenhou o Rafa na parede. Foi difícil para ela, ela não é artista de desenhar rostos, mas ela o fez lindamente. Ele estava de lado, ela desenhou seu perfil, sorrindo, e, ao redor, ela colocou uns efeitos, que davam a impressão de que ele estava no paraíso. Além disso, ela escreveu seu nome bem grande: Rafael Rebouças, com uma letra incrível. Era a parede mais linda que já vi na vida, me emocionou de uma maneira que só ela conseguiria. Abracei-a e agradeci, deixaria para chorar depois. Eu sei que ele não chegou a conhecer aquele lugar, mas estaria sempre ali comigo.

O coquetel de inauguração foi incrível, durou até onze horas da noite. Todos foram embora, menos eu. Fiquei olhando a parede, tirei várias fotos ao lado dele. Era isso, Rafa estava no paraíso e eu fiquei na terra. Sei que, um dia, nos encontraríamos, mas o destino quis que nos separássemos.

Eu passava a mão em seus contornos perfeitos, ele estava sempre lindo, sempre sorrindo, sempre maravilhoso. Eu sempre o amaria, ele foi uma pessoa no lugar de quem eu morreria se fosse possível. Infelizmente, não foi assim que a vida quis, agora era viver feliz enquanto Deus permitisse. Tive toda a felicidade do mundo com ele, ele foi minha vida, meu ar, meu sol. Fiquei sem tudo isso quando ele se foi, mas agora eu vejo que ele não iria querer isso. Ele queria que eu vivesse e eu vou viver, por mim, mas sempre, sempre por ele.

Apaguei as luzes, e fui para casa, que agora já era suportável. Eu não tinha mais nada dele ali, somente o celular e o *notebook*. Ele ainda recebia algumas mensagens no celular, seu número ainda estava ativo; só quando parasse de receber mensagens, eu desativaria. Quando ele recebia uma nova, eu mandava uma resposta do meu número dizendo o que ocorreu. Normalmente eram contatos profissionais, e eu já indicava para seu amigo. Seria estranho responder do dele, por isso não o fazia.

Dormi feliz. Há um tempo, pensei que não seria mais possível para mim, mas naquela noite vi que sim. Existe vida após a morte para quem perde alguém, como eu perdi meu querido. O conforto vem com o tempo.

No dia seguinte, decidi ficar no salão, me arrumei toda para a festa. À noite coloquei um vestido curto, preto, soltinho no corpo, com um tecido transparente por cima, cheio de pedras. Era mais comprido do que o de baixo, lindo. Coloquei um sapato bege, combinando com minha bolsa, deixei os cabelos soltos, fiz uma maquiagem mais pesada e fui para a festa do meu afilhado.

Deixei o carro com o manobrista e entrei. Uau, o buffet era enorme e lindo, cheio de brinquedos, Duda soube escolher o lugar. Encontrei-a já com Bernardo, cumprimentei-os e fui atrás de Bruno, que estava em um trenzinho.

— Ei, pequeno! — chamei-o e ele sorriu para mim. Coisa linda, todo ruivinho com o cabelão. Duda estava deixando crescer, ele estava cheio de cachos.

— Madrinha! — ele gritou, pulou do trenzinho e veio para meu colo. Eu o abracei. Ele não perguntava mais do Rafael, Duda explicou que ele estava no céu e ele entendeu. Um dia, ele me perguntou quando vou encontrar um novo padrinho para ele. Esse furacão é demais. Conversamos um pouco sobre seu presente, comprei um videogame de mão, para ver se o acalma um pouco. Ele voltou para seu brinquedo e seus amiguinhos, e eu fui cumprimentar o restante das pessoas.

Cumprimentei os pais de Duda, que são demais, praticamente minha segunda família. Peguei uma bebida e fui conversar com outros amigos. Estava conversando com Marcos, que estava com Jéssica grávida, e alguns amigos de Duda, que eu conhecia também, quando o vi. Ele estava entrando no momento em que meus olhos foram para a porta.

Jesus, estava lindo. Usava calça jeans, camisa polo e tênis. Seus cabelos estavam mais curtos desde a última vez que o vi, e a barba mais rala, mas tinha os mesmos olhos azuis penetrantes e... acompanhado. Nossa, senti um aperto no coração, ele fez o que eu pedi para fazer quando conversamos, ele encontrou alguém para fazê-lo feliz. O nó na garganta foi difícil de engolir, fiquei com vontade de correr, ir embora dali, mas me segurei. Duda sentiu e se aproximou.

— Desculpe não contar antes, mas você estava tão bem que eu não queria que nada a deprimisse. Foi tão difícil pra você sair do luto. — Sorri para ela. Dava para entender sua omissão. Eu não a culpava; mas que machucava, machucava e muito.

— Deixa pra lá. Eles estão juntos faz tempo?

— Uns dois meses, acho, ou um pouco menos. Ele a conheceu em uma viagem, ela é uma boa pessoa e parece gostar dele. — Engoli o nó na garganta, mais uma vez.

— Que bom. Eu falei para ele seguir com a vida dele, e que bom que ele está feliz com ela.

— Eu disse que eles estão juntos, que eles se conheceram em uma viagem, que ela parece gostar dele, mas não disse que ele está feliz.

— Duda, você não precisa mentir pra mim, poxa. Eu superei a morte do Rafa, vou superar ter perdido o Eric. A vida segue, hoje eu sei disso. — Pisquei para ela, que sorriu e me abraçou. Duda sempre foi a melhor.

— Te amo, amiga, muito.

— Eu também.

Quando nos separamos, Eric se aproximou e cumprimentou a Duda, sua namorada também. Ele se virou para mim.

— Olá, Giovanna, tudo bem? — Foi bem distante. Abri meu melhor sorriso.

— Tudo bem, e você? — Soltei a respiração enquanto sorria.

— Ótimo. Esta é minha namorada, Larissa. — Ele mostrou uma loira alta e linda, que sorriu para mim.

— Oi, Larissa. Prazer, sou Giovanna. — Estendi a mão para ela, que pegou firme.

— Olá, Giovanna, que nome bonito. — Ainda simpática, que droga.

— Obrigada.

— Vocês se conhecem de onde? — Larissa perguntou e Eric respondeu.

— Giovanna é a dona da rede de bistrô Lapreve, ela tem um perto do escritório na Berrini, até já te levei lá uma vez. Eu a conheci lá.

— Sério? Que legal, já almocei mesmo com o Eric lá, mas não te vi.

— É que eu acabei de abrir o meu décimo bistrô, e estou me dedicando totalmente a ele nestes últimos meses, então quase não pude ir lá. Mas que bom que gostou. — Tentei ser casual.

— Caramba, você já tem dez bistrôs? Pretende abrir mais algum? — ela perguntou.

— Não, fechei em dez. Esse eu abri mais para ocupar meu tempo, mas decidi que seria o último.

— Ah, sim. — Ela fez uma pausa. — Você acabou de perder seu marido. Lembrei que li uma matéria a respeito, eu sinto muito. — Eric me olhou com desconforto por causa da nossa conversa e eu não tinha como fugir da resposta.

— Obrigada. Foi difícil, no começo. — Olhei para ele, que retribuiu o olhar. — Mas, com muita luta e vivendo um dia de cada vez, hoje posso dizer que superei e que, agora sim, estou vivendo outra vez. — Olhei novamente para ele, que ficou me encarando paralisado, até que Larissa tossiu e nos tirou do transe em que estávamos.

— Parabéns pela superação e pelo bistrô. Vamos marcar um dia para conhecer, não é, amor? — Ele balançou a cabeça para ela.

— Sim, claro, vamos sim. — Ele respondeu um pouco atordoado, eu não queria fazer isso com ele; eu não queria viver em um triângulo novamente.

— Bom, vou deixá-los a sós. Foi um prazer conhecê-la, Larissa, e um prazer revê-lo, Eric. — Não esperei resposta e saí de perto deles. Ver Eric acompanhado e ainda falar de Rafael morto foi demais.

Circulei pelo lugar, brinquei com Bruno e Duda, cantamos músicas, brincamos no Air Game e outros. Eu sempre ganhava, Duda estava indignada, até que Bernardo a consolou, dizendo:

— Calma, amor, sorte no jogo, azar no am... — Ele não terminou. Duda bateu em seu peito antes que ele terminasse. Ele reclamou enquanto esfregava o lugar onde levou um tapa.

— Tudo bem, Duda, ele está certo, já tive minha cota de sorte no amor. Lembra quando você dizia o quão sortuda eu era por ter Rafael? — brinquei com ela e olhei para Bernardo, que a encarava questionando. — Agora, eu realmente não tenho sorte no amor, só me resta o jogo. — Olhei para Eric, que estava sentado com sua namorada, mas olhava pra mim. Talvez restasse um pouco de esperança, afinal.

— Então, amor, você babava pelo Rafael? — Bernardo perguntou para Duda, mudando o foco da conversa, sutilmente.

— Claro, quem não babava por aquele deus? Até você meio que se apaixonou por ele um pouco, eu me lembro.

Bernardo riu.

— É verdade, o cara era foda. Se eu fosse mulher, tiraria minha calcinha por ele fácil, fácil. — Nós rimos alto, atraindo a atenção de algumas pessoas. Larissa levantou e foi em direção ao banheiro, e Eric veio até nós. Bernardo não perdeu tempo. — Esse é outro por quem eu tiraria minha calcinha fácil. — Rimos novamente. Até eu, Bernardo, até eu.

— Qual é a graça? — Eric perguntou, com sua voz de trovão.

— Eu estava falando que, se fosse mulher, tirava a calcinha pra você fácil, baby. — Ele passou a mão no rosto do Eric, brincando.

— Engraçadinho. — Empurrou a mão dele.

— Ops, que foi? Larissa é ciumenta? — Eric olhou pra mim e depois se voltou para Bernardo.

— Cala a boca, eu não iria querer que você tirasse sua calcinha para mim. — Duda gritou e nós rimos. Quando as risadas cessaram, Duda e Bernardo saíram para recepcionar um casal de amigos, e nós dois ficamos sozinhos, em um silêncio constrangedor.

— Bom, vou procurar o Bruno para brincar. — Eu já estava saindo, quando ele segurou meu braço, me impedindo.

— Você está ótima, feliz. Fico feliz em te ver assim. — Soltei meu braço de seu aperto.

— Obrigada. Estou melhor, sim.

— É bom ver que conseguiu sair daquela depressão em que estava afogada e que parecia que te mataria. — Ele estava receoso de falar comigo ainda, claro, eu quase matei o cara de tanto desgosto.

— Eric, você me viu há alguns meses. Assim que Rafael partiu, eu estava completamente afogada em dor, tristeza, não via uma saída para mim. Mas eu consegui, com muito apoio da Duda, do meu pai, e, claro, do trabalho, sair de tudo aquilo. Como eu disse, hoje eu consegui superar. Ainda não estou completa, mas estou quase lá.

— O que falta para você ficar cem por cento? — ele perguntou, olhando para minha boca e me atiçou, mesmo sabendo que era errado.

— Um amor, poder sentir novamente a vontade de sair da cama de manhã porque você tem alguém para encontrar, seja no meio do dia... — Olhei bem para seus olhos, essa era para ele, pois nós sempre nos encontrávamos no horário do almoço. — Ou no fim do dia, para beber algo ou só fazer amor. — Respirei fundo com os olhos fechados, depois abri, novamente olhando para ele. — Porque você passou o dia inteiro desejando e sonhando com a pessoa. — Joguei sujo mesmo, ele perguntou e eu falei do que sentia falta.

Eric ficou abalado, pude ver em seu gesto corporal que eu mexi com ele. Mas, antes de ele responder algo, eu vi que sua namorada tinha saído do banheiro, já o tinha visto, e estava vindo em nossa direção. Ele abriu a boca, e eu interrompi.

— Não diga nada, eu preciso ir. — Pedi licença e fui em busca de alguém. Chegando no bar, vi que Duda chamou meu novo *chef*. Ele estava me olhando e falou:

— Oi, patroa.

— Oi, *chef*, virou amigo da Duda? — Ele encolheu os ombros.

— Ela me chamou na semana passada, quando conversamos bastante sobre tudo. Duda é uma pessoa muito legal.

— É, sim. — Encostei as costas no balcão e me virei para onde Eric estava. Nossos olhares se encontraram novamente, eu desviei e voltei para o *chef*. Cadu, que era lindo demais. Ele era padrão Rafael: loiro, alto, forte, barbudo, sorriso perfeito, chamava muita atenção e era simpático demais.

Conversamos muito sobre tudo, rimos e bebemos. Eu já estava ficando alegrinha, quando Duda anunciou o parabéns. Fomos todos para a mesa do bolo e foi uma farra. Quando o pequeno cortou o primeiro pedaço de bolo, a Duda perguntou para quem ele daria, e ele disse: "Madrinha". Foi uma comoção geral, e eu senti vontade de chorar, mas segurei. Fui receber meu pedaço, ele pulou no meu colo e me abraçou, levantando meu vestido, que quase mostrou minha calcinha. Menino danado. Passei glacê no seu rostinho todo, ele me olhou com uma carinha de quem não acreditava que eu tinha feito isso; depois riu e quis passar em mim, mas eu consegui desviar dos seus ataques; depois Duda o pegou e ele foi para o colo da avó se limpar e comer seu bolo.

Voltei para Cadu, bebemos mais um pouco e agora eu estava bem alta. Junto com Duda e Bernardo, acabamos com uma garrafa de tequila, uma de vodca e algumas bebidas doces. A festa estava no fim, e todos estavam indo embora. Bruno, por um milagre de Deus, dormiu, e a mãe de Duda o levou. O dono do buffet falou que poderíamos ficar mais meia hora, era somente nós.

Eric e sua namorada se juntaram a nós, e continuamos a contar situações engraçadas das nossas viagens pela Europa.

— E da vez que a Gi, ainda não casada... — Duda estava muito bêbada. — Estávamos em Londres, passou um cara maravilhoso, a Gi gritou para ele dizendo que ele era muito gato, e finalizou com a frase: "Ô, lá em casa!". De repente, o cara parou e disse: "Diz onde é sua casa, que mais tarde apareço por lá!" — Todos riram e eu quase cuspi a bebida que estava na boca. As brincadeiras começaram: "Ô, lá em casa"!

— Você quer uma história engraçada? Tenho uma. Estávamos em Lisboa.

— Ah, não. Essa não — Duda falou e se escondeu entre as mãos e atrás de Bernardo.

— Essa sim. Estávamos querendo comprar um lanche, o vendedor falou "bicha", e apontou para um rapaz que estava no final da fila. Duda ficou indignada com o vendedor, brigou com ele, chamou de preconceituoso, e o homem não entendeu nada. Quando ela terminou de soltar os cachorros em cima do homem, ele falou de novo "bicha", e apontou para a fila. Só depois nós perguntamos e descobrimos que bicha é fila. — As gargalhadas foram altas. Duda ficou mais vermelha de vergonha.

— Quando estávamos em Fernando de Noronha... — Duda começou, — escolhemos passar o dia em uma praça, sentadas em um muro baixinho, daí o dono do bar da frente começou a gritar e apontar para a gente e dizer: "Saí daí agora, estou mandando, não vou falar de novo". A gente achou que ele estava falando com a gente, a Gi ficou indignada querendo saber por que não podíamos ficar sentadas ali, daí ela perguntou para ele: "É comigo?". Ela já estava pronta para a briga. O homem não respondeu, mas, quando olhamos para trás, o filho dele, de uns seis anos, mais ou menos, estava pisando na grama e o pai estava falando com ele, não com a gente. Foi hilário. — Todos rimos. Bernardo começou a contar algumas. Cadu, que fez mochilão também pela América do Sul, contou várias, até que olhei no relógio e já tinham passado os trinta minutos. Falei:

— Bom, pessoal, já deu o horário, então vou embora, preciso dormir. — Todos concordaram. Nos despedimos de todos, dei um tchau para Larissa e fui dar um beijo no rosto de Eric, mas acabamos encostando na boca um do outro. Ficou uma situação meio chata, mas logo contornei pedindo desculpas e falando que tinha bebido demais. Ele me perguntou se eu estava bem para dirigir, eu disse que sim e saí. Na verdade, eu estava mal, tanto que nem sei como consegui chegar em casa, mas cheguei e caí no sofá mesmo por causa de tanto álcool que bebi.

Pensei em Eric, no que perdi, agora eu o tinha perdido de verdade. Depois da morte de Rafael, ele tentou de todos os jeitos se aproximar de mim, e eu trucidei seu coração em todas as tentativas. É óbvio que ele não me esperaria para sempre. Foram três meses de recuperação lenta, magoei muita gente no caminho, quase morri, mas consegui superar, consegui enxergar o que todos estavam fazendo por mim e saí do buraco escuro e fundo em que me encontrava.

Hoje, já quase não doía mais lembrar de Rafa. É claro que, ver Eric com uma namorada, mesmo que o tempo todo olhando para mim, não foi fácil, e quase me empurrou novamente para a escuridão. Mas eu não permitiria, novamente, viver daquele jeito, assim como não deixaria Eric totalmente livre. Ele correu atrás de mim, agora eu não desistiria dele tão facilmente. Eric é um desses caras de quem vale a pena correr atrás, ele é raro, e eu não deixaria o caminho livre para Larissa.

Até Rafael sabia que Eric seria meu, e eu não decepcionaria o amor da minha vida. Eu teria Eric novamente. Como? Ainda não tinha pensado nisso.

CAPÍTULO 19

Eric

Porra, porra! Dava tudo para mudar a noite. Quando fui convidado para a festa de Bruno, sabia que iria encontrá-la. Fazia muito tempo que não a via, nem sabia notícias suas, eu não perguntava e Bernardo não falava também. Eu soube que ela estava abrindo um novo bistrô. Fiquei feliz por ela estar, ao menos, trabalhando, porque, da última vez que a vi, parecia que ela iria se matar.

Mas o que vi essa noite foi uma Giovanna muito diferente de três meses antes. Ela estava viva, com o brilho no olhar que tanto encantava, maravilhosa em seu vestido preto soltinho, mas que marcava todo seu corpo, corpo que eu sei o quão delicioso é. Suas pernas estavam completamente expostas, com suas coxas grossas e firmes. E eu? Acompanhado.

Não que eu não gostasse de Larissa. Eu a conheci em uma viagem, ela é advogada, linda, romântica, acabei me deixando envolver. Ela gostava de mim, eu também, mas não era completo, faltava algo. Claro, faltava Giovanna.

Quando Bruno deu o primeiro pedaço para ela, ele pulou em seu colo e levantou seu vestido, sua calcinha quase apareceu, e eu fiquei louco de desejo por ela. Ainda bem que estava de jeans, pude disfarçar um pouco. Ela estava conversando com um cara tipão, estilo Rafael, fiquei com tanto ciúmes que tive vontade de mandar Larissa embora e tirá-la de lá. Mas eu não sou desse tipo.

No final, quando ficamos em uma rodinha bebendo e falando besteiras, ela estava contando sobre a viagem dela e de Duda, e ria. Seu rosto perfeito formava sorrisos perfeitos, e ali vi o quanto eu ainda era dela e quase não conseguia mais disfarçar. Quando chegou o horário de partir e estávamos indo embora, ela veio se despedir e nossas bocas se encontraram. Tive que juntar toda minha força de vontade para não enfiar a mão em seus cabelos e puxá-la para um beijo decente, mas, mais uma vez, não o fiz.

Eu a vi indo embora completamente bêbada e fiquei com o coração na mão. Tinha combinado de passar a noite com Larissa, ela estava toda empolgada, mas eu não conseguiria fazer nada com ela, não se estivesse pensando em Giovanna, não se estivesse preocupado com ela. Falei para Larissa que estava com muita dor de cabeça, ela entendeu, então eu a deixei em sua casa e, do carro mesmo, mandei uma mensagem para Giovanna, eu ainda mantinha seu número nos meus contatos, mesmo depois de tantos meses e mesmo depois de infinitas vezes quase tentar apagar, mas não conseguir.

Chegou bem em casa? — Ela demorou um pouco para responder, mas respondeu.

Cheguei, sim, obirgad por pergunta! Saudades. — As palavras erradas, com certeza, eram por causa da bebida. Mas o "saudades" que veio no final mexeu comigo e eu não pensei em mais nada.

Sério? — Mandei e ela me respondeu rápido.

Muito! Mas não vou atapalar! Obrigad pela preocupação. — Eu ri, ela devia estar muito bêbada. Mandei outra.

Quer me ver? Agora? — Fui ousado, mas não estava pensando direito.

Quero. — Ela foi sucinta, e eu virei meu carro em direção ao seu apartamento.

Cheguei e pedi ao porteiro para ligar para seu apartamento, ela atendeu e falou que eu poderia subir. Eu estava tremendo de expectativa, de excitação, de tudo acumulado nesses três meses. Saí do elevador e segui para sua porta. Ela estava encostada, sem sapatos, na parede do seu corredor, de frente para sua porta. Quando ela me viu, sorriu pra mim e me chamou com o dedo indicador. Me senti um touro com o pano balançando na sua frente.

Corri para ela. Quando cheguei perto, minhas mãos foram para seu pescoço, entrelaçando seu cabelo. Eu a olhei bem dos olhos para seus lábios, ela os abriu para mim e eu a beijei. Deus, sentir seu gosto depois de tanto tempo foi perfeito. Eu a segurei firme contra meu corpo e a empurrei contra a parede, todas as partes dos nossos corpos se tocavam e ela se esfregou em mim, excitada e linda. Desci minhas mãos para sua cintura e a levantei. Ela me enlaçou com as pernas ainda me beijando, eu a levei para dentro do apartamento e bati a porta com o pé. Não conseguia largar sua boca, se era um sonho, não queria acordar.

Coloquei-a deitada no sofá e fiquei por cima dela. Não conseguia parar de beijá-la, eu vi que ela estava sem fôlego, mas não queria soltá-la. Quando o fiz, desci por seu pescoço, levantei-a para tirar o vestido, passei por sua cabeça e suas peças minúsculas apareceram para mim. Ela usava um sutiã meia-taça preto e uma microcalcinha, tirei os dois em segundos. Ela estava nua e eu ainda estava todo vestido. Olhei bem para seu rosto e seus olhos estavam um pouco desfocados. Droga.

— O quanto você está bêbada? — perguntei orando para que não fosse muito; eu precisava tê-la novamente.

— O bastante para não ter vergonha de dizer que sentia saudades, e não o suficiente para me arrepender depois do que vamos fazer.

Era o que eu precisava ouvir. Colei meus lábios nos dela, ela começou a tirar minha camisa, e minha calça logo estava no chão. Eu só queria me enterrar completamente nela.

— Me diz se eu posso entrar em você sem proteção. — Ela sorriu pra mim.

— Pode, meu querido, sou toda sua. — Jesus. Antes de ela terminar a frase, eu já estava dentro, estávamos unidos. Ela estava muito apertada, senti que me perderia em segundos se não me concentrasse.

Enquanto eu a sentia se contorcer embaixo de mim, eu me perdia na sensação de tê-la só pra mim, eu beijava e mordia seus seios, seus mamilos deliciosos, senti que ela estava perto. Ótimo, porque eu não estava aguentando mais. Senti quando ela se partiu em mil pedaços embaixo de mim, seus espasmos terminando e, quando olhei seu rosto relaxado foi minha vez, como há muito tempo não fazia. Estava com a mulher da minha vida, ela só ainda não sabia que seria minha para sempre. Fiquei abraçado com ela, ainda dentro dela, sentindo as sensações do seu corpo unido com o meu. Era bom demais.

— Eu te amo!

Ouvi sua voz bem baixa. Levantei a cabeça para olhá-la. Eu ouvi certo?

— O quê? — perguntei.

— Eu te amo. Te amei desde quando vi que aquela noite não tinha sido apenas sexo, te amei quando você tentou ficar ao meu lado, mas estava impossibilitada de enxergar através da minha dor. Eu já te amava. Rafael sentiu isso, e ele raramente se enganava com relação aos sentimentos.

— Meu amor, não acredito que você me falou isso, fala de novo. — Meu coração parecia uma britadeira no peito. Achei, até, que ela poderia vê-lo batendo forte através da minha pele. Eu a segurava firme embaixo de mim.

— Eu. Te. Amo. Te amo faz tempo, só não tinha coragem de assumir e ir atrás de você. Mas, sim, é amor e é forte.

— Deus, como sonhei em ouvir isso de você, tanto que nem consigo acreditar. — E eu não conseguia mesmo.

— É real, é verdadeiro, e eu queria saber: você ainda sente o mesmo? — ela perguntou, com receio da resposta; seus olhos lindos me encarando.

— Claro, eu te amo. — Beijei-a. — Te amo demais. — Beijei-a de novo, ela ria pra mim. — Te amo, te amo, te amo, mais que tudo nessa vida, mais do que a mim mesmo. — Ela pegou meu rosto entre as mãos e me beijou, depois ficou passando os dedos na minha pele.

— Então, como vamos ficar? Você está namorando, ela me pareceu uma pessoa boa que merece ser tratada bem. — Nossa, tinha até esquecido de Larissa.

— Vou terminar com ela. Nunca consegui ser totalmente inteiro com ela, sempre fui uma metade infeliz. Só com você sou completo.

— Eu abaixei meu rosto em seu pescoço e a beijei ali. Ela se arrepiou inteira.

— É tão bom ouvir isso de você. Desde quando comecei a melhorar eu sonhava em ouvir novamente um "eu te amo" de você.

— Tudo o que eu queria era falar essas palavras para você. — Levantei-me e comecei a vestir minhas roupas. — Ela não entendeu. — Eu vou embora agora, quero conversar com Larissa, colocar um ponto final. Só quero ter você novamente quando estiver livre. Me espera que eu volto.

— Espera um segundo. — Ela levantou, jogou o vestido por cima do corpo e foi buscar algo. Ela voltou com alguma coisa na mão, pediu que eu estendesse a mão, eu estendi, ela colocou duas chaves na minha mão e explicou:

— Essa é do elevador, e essa é da porta. Coloque junto com as suas, quero que as use toda vez que quiser entrar na minha casa. — Deus, ela estava me dando a chave do seu apartamento. Felicidade tinha me encontrado e me dado uma chance com a mulher da minha vida. Puxei-a para um beijo.

— Vou usar hoje, daqui a pouco eu volto. — Ela sorriu.

— Vou esperar na cama, é só entrar. — Beijei-a e saí correndo. Queria ser um homem livre para poder amar Giovanna intensamente.

Liguei para Larissa e falei que estava indo para seu apartamento, queria conversar com ela. Ela concordou e, em vinte minutos, cheguei e subi. Ela estava com uma camisola transparente, acho que ela pensou outra coisa quando disse que passaria em sua casa. Entrei, ela veio me abraçar, mas eu a segurei longe de mim. Não conseguia mais imaginar o toque de outra pessoa no meu corpo.

— Precisamos conversar — falei sério, e fui para o sofá. Ela me encarou mais séria e me seguiu, apontei para ela sentar, ela o fez e eu sentei bem longe dela. — Desculpe vir tarde assim, mas eu queria falar algo e não conseguiria esperar até amanhã.

— Imagina, amor, sou eu, você entra e sai a hora que quiser daqui.

— Então, é justamente sobre isso que queria falar — disse, muito desconfortável.

— Você veio terminar comigo, né? — ela perguntou, triste.

— Larissa, desculpe, mas é exatamente isso. Tenho muita consideração por você, por isso quis vir, pessoalmente, te dizer que não dá mais pra mim.

— É ela, não é? — Ela abaixou a cabeça quando perguntou. Eu sabia de quem ela estava falando. — É a Giovanna. — Droga, fui tão óbvio assim? — Eu vi como você olhava para ela, como você respirava fundo quando ela estava por perto.

— É ela mesmo. Eu a amo já há um tempo, mas ela era casada, e seu marido morreu. Enfim, você conhece a história. Ela entrou em depressão profunda quando ele partiu, e me rejeitou. Eu tentei seguir adiante, te encontrei, você me ajudou demais, mas eu não consegui superá-la, acho que nunca vou. Na época, eu senti que ela tinha nutrido algum sentimento por mim, ela só estava imersa demais na depressão para conseguir enxergar. Agora ela está de volta, a mesma mulher que roubou meu coração, feliz, viva, e com o sentimento por mim aflorado. Eu não sou homem de enganar ninguém, muito menos a mim mesmo; eu a amo com a minha vida; posso ser um tolo por aceitá-la tão facilmente em minha vida; mas fazer o que, se é amor puro e verdadeiro que eu sinto por ela. Eu aceitaria o que ela me oferecesse de bom grado; eu sou dela irrefutavelmente; então assim que eu vi que não conseguiria mais ficar com você, tive que vir até aqui e colocar um ponto final.

— Tudo bem, Eric. Sentimentos são sentimentos e a gente não consegue lutar contra. Se é ela que você quer e pode tê-la, então eu não vou ficar no caminho, eu vou encontrar alguém para mim que me ame tanto quanto você a ama.

— Eu tenho certeza disso. Você é boa, é gentil, inteligente, linda, homens se matariam para conseguir ficar com você. — Ela sorriu triste.

— Menos o que eu quero, no momento, que é você. Mas tudo bem, vai viver seu amor com a mulher que ama. Ela vai te fazer muito feliz, eu espero.

— Ela já me faz feliz somente por existir. — Eu me levantei. — Bom, tenho que ir. Obrigado por tudo, eu gostei muito do tempo que passamos juntos.

— Eu também. — Fui até a porta, ela abriu e eu passei. — Adeus, Eric.

— Adeus, Larissa. — Saí do apartamento dela com o coração leve, estava livre para minha amada. Nem pensei, peguei meu carro e voltei para o seu apartamento.

Cheguei e o porteiro me deixou entrar, acho que ele já tinha sido avisado. Subi, abri o apartamento, que estava todo escuro. Confesso que ainda era estranho entrar assim em seu espaço, principalmente porque ela dividiu esse lugar com Rafael.

Procurei o quarto, encontrei, abri a porta devagar para não acordá-la. Ela estava dormindo, tirei minha roupa, fiquei somente de boxer e deitei ao seu lado. Ela sentiu e se virou para mim, fiquei de costas e ela abraçou meu peito. Fiquei com medo de ela me chamar de Rafael, mas não.

— Você já é completamente meu?

— Todo seu, amor, pacote completo. — Ela suspirou, apoiou o queixo no meu peito e me olhou com o olhar sonolento, linda.

— Então, acho que vou usar e abusar de você um pouco. — Ela riu de olhos fechados.

— Isso é tudo o que eu mais queria na vida. — Tomei sua boca em um beijo e logo ela estava por cima de mim. Nos perdemos nos braços um do outro algumas vezes durante a madrugada. Eu não desperdiçaria um segundo sequer ao seu lado.

Epílogo

Giovanna

Três anos depois...

HOJE MEU AMOR COMPLETA 36 ANOS, E EU DECIDI FAZER UMA festa surpresa para ele. Nossos momentos a sós têm sido difíceis, nossa pequena Rafaela tem ocupado muito nosso tempo. Com um ano de idade, ela é geniosa e cheia de vontades. Eric brinca que ela tem o gênio da mãe e a sensibilidade do pai. É, fazer o quê? Somos um casal invertido: eu sou a nervosa, e ele, o sensível. Tudo bem, dá certo assim.

A festa será no bistrô da Berrini mesmo, e depois vou deixar Rafaela com a Duda para irmos para um hotel, o mesmo ao qual fomos em nossa primeira noite. Ele não sabe de nada, fiz tudo muito bem escondido, e ele nem sabe que os pais dele estão aqui. Eles moram no interior de São Paulo, em uma cidade perto da do meu pai. Ao longo dos anos tornaram-se amigos, o pai dele é dono de uma rede de dois mercados, e a mãe, costureira, são perfeitamente lindos juntos. Meu pai continua sozinho, mas agora, com a Rafaela, ele vem me visitar mais vezes.

Eric e eu namoramos por um ano, foi tudo perfeito. Quando a morte de Rafael completou um ano, eu comecei a ficar um pouco abalada, mas ele me ajudou, me apoiou como nunca e eu superei. Hoje, três anos depois, sei que Rafa estaria feliz se me visse agora. Engravidei depois de um ano de casados, e nasceu nossa pequena. Ela é perfeita, uma cópia reduzida do pai. Incrível como é parecida com ele, os mesmos olhos azuis, a intensidade do olhar, a voz trovão, tudo. Eu falo que só a carreguei na barriga mesmo, porque ela é toda igual a ele, e eu adoro que seja assim.

Quando soubemos que seria uma menina, ficamos na dúvida do nome. Quando Eric sugeriu Rafaela, em homenagem ao meu querido Rafael, eu pude afirmar, mais uma vez, que fiz a escolha certa. Eric é o homem para mim, não sente ciúmes da minha vida com Rafael, tinha respeito por ele. Ainda tem e quis homenageá-lo, dando seu nome para nossa filha. Fiquei emocionada por perceber como tive sorte ao tê-lo na vida, e Rafael já sabia disso antes de partir.

Contratei uma empresa para cuidar da decoração do bistrô, estava lindo, tudo muito sofisticado. Informei por *newsletter* aos meus clientes que, naquela noite, estaríamos fechados. As pessoas começaram a chegar e todos aguardavam Eric, fui cumprimentar todos, com Rafaela no colo e, meu Deus, minha menininha também era um furacão com carinha de anjo; ela aterrorizava tudo e todos e de uns tempos para cá estava pedindo um cachorro; toda vez que via um, queria brincar e olhava com aqueles olhinhos mostrando que queria um; coitado do cachorro!

Conversei muito com a mãe de Eric, e deixei a pequena com ela. Duda estava com o furacão dela, que, mesmo maior, ainda era um terror, e também estava grávida de seis meses de uma menina. Ela casou-se com Bernardo quase na mesma época em que me casei com Eric. Meus grandes amigos, que viraram amigos de Eric, também estavam: Claudia, Jéssica, Marcos e seu pequeno Felipe, e alguns amigos de Eric e primos. O bistrô já estava lotado, quando recebi uma mensagem de Eric dizendo que estava chegando. Nos escondemos e apagamos as luzes.

Vimos toda sua movimentação: ele estranhando o lugar estar apagado e fechado, ele entrando e me chamando, até que acendemos as luzes e gritamos "parabéns". Começaram a cantar "Parabéns pra Você", e ele estava muito surpreso por ver todos ali, um fofo. Eu pedi para ele trocar de roupa, ele trabalhava com roupa social, mas agora usava um jeans azul-escuro e uma camiseta preta. Deus, mesmo três anos depois, ainda ficava louca ao vê-lo forte, alto e gostoso.

Ele começou a cumprimentar todos. Rafaela, quando o viu, pulou em seu colo. Ele abraçou seus pais, o meu pai, sempre rindo. Depois de receber abraços de todos, devolveu Rafaela para sua mãe e veio até mim.

— Amor, você é mesmo incrível organizando tudo isso pra mim. — Ele me abraçou e me levantou do chão me abraçando, me colocou de novo no chão e me beijou. Ouvimos aplausos e assovios de nossos amigos, enquanto nos beijávamos. — Te amo, cada vez mais.

— Eu também. Feliz trinta e seis anos, querido. — Bernardo, que já estava alegre de tanto beber, se aproximou e o puxou para cumprimentar. Deixei Eric conversar com todos da festa. Rimos muito, conversamos mais ainda. A festa foi até umas onze horas, e, quando todos foram embora, me despedi de Rafaela sem Eric ver, e Duda a levou embora. Ela amava Duda, Bernardo e o Bruno, ela estaria muito bem com eles.

Eric estava se despedindo dos seus pais, quando Duda a levou, todos já tinham saído. Somente eu fiquei esperando por ele, ele entrou e estranhou.

— Eu... — Ele parou e olhou tudo. — Todos já foram, e a Rafa? Está muito silencioso aqui. — Eu não respondi, peguei sua mão.

— Vem aqui. — Puxei-o para fora, tranquei o lugar e o levei para meu carro. Entramos, ele sentou do lado do passageiro e eu comecei a dirigir. Ele só me olhava com uma interrogação imensa na cabeça.

— Você não vai me falar onde a Rafa está ou aonde você está me levando? — ele perguntou sério, mas o tom de divertimento estava ali.

— A Rafa está segura e você verá logo, logo onde vamos passar a noite. — Ele riu, mostrando suas covinhas lindas e seus dentes maravilhosos.

— Nossa, vai me raptar por uma noite toda? — Olhei para ele e sorri maliciosamente.

— Sim, a noite toda, meu amor. — Falei, com uma voz sensual, e ele riu.

— Gostei. — Sua voz estava rouca ao dizer isso e enviou um arrepio gostoso por todo meu corpo.

Chegamos ao hotel, deixei o carro com o manobrista e entramos pelo hall, ele já tinha entendido, então peguei nossa chave e fomos para o quarto. Entramos e estava todo decorado com pétalas de rosas para ele, tinha um champanhe, chocolate e morangos. Ele olhou tudo, admirado, e virou-se para mim.

— Gostou da surpresa? — perguntei com minha melhor voz sensual.

— Se eu gostei, amor? Eu amei. — Ele veio até onde eu estava e me abraçou. — Obrigado, você me faz muito feliz.

— Você também. Agora vamos para a segunda parte do seu presente. — Levei-o até um sofá e o joguei sentado. Abri o zíper do meu vestido vermelho e o tirei pelas pernas. Coloquei um conjunto de sutiã e calcinha também vermelhos. Quando ele me viu, abriu a boca e respirou por ela, puxando o ar entre os dentes.

— Linda demais — ele falou, já com a voz, alterada pelo desejo, rouca e forte como um trovão, o que era sua maior característica.

— Toda e somente sua. Vem, amor, pega o que quiser.

Eric

DEUS DO CÉU, MINHA MULHER É FANTÁSTICA. QUANDO ELA DISSE para eu pegar o que quiser, senti meu sangue virar fogo, como se estivesse incendiado de desejo por aquela que é dona do meu coração há tanto tempo.

Levantei-me do sofá e fui até ela, peguei-a pelos cabelos e posicionei seu rosto em um ângulo perfeito para tomar seus lábios com firmeza. Invadi sua boca com minha língua, puxei seu lábio com um pouco mais de brutalidade. Ela gostava dessa força, minha mulher era selvagem e eu AMAVA.

Desci minha mão por seu corpo perfeito, cheguei até sua bunda e a apertei contra meu corpo afoguetado desde que entrei no quarto. Levantei-a e ela passou as pernas na minha cintura, e eu a levei até o sofá, onde ela me empurrou antes. Deixei-a por cima de mim.

— Querida, a primeira vez quero você por cima, quero que cavalgue no meu corpo. Tira tudo, menos o sapato. — Ela estava com um sapato muito alto e também vermelho, como todo o resto de suas roupas. Ela levantou de cima de mim, tirou seu sutiã e a calcinha, eu tirei minha camiseta e minha calça junto com a cueca, meia e sapato, e fiquei esperando por ela, que me olhava faminta. Adorava esse lado dela.

Gi veio para cima de mim, arranhou meu peito com as unhas, senti a dor junto com o desejo louco, quase enlouqueci. Ela colocou as pernas, uma de cada lado do meu quadril, e sentou em mim.

— Quero forte, querido. — Meu Deus do céu, quando ela falava essas coisas, eu via tudo vermelho. Fiz o que ela queria, me posicionei e entrei com força, ela gemeu alto segurando minha cabeça. Puxou meu cabelo e me fez olhar para ela. — Eu te amo muito, agora pega sua mulher com muita, muita força.

Eu fiz o que ela pediu. Segurei-a pela cintura e a impulsionava para baixo forte, sem dó. Ela gritava e eu estava entrando em combustão. Ela, linda, em cima de mim, arqueava as costas, deixando seus seios perfeitos na posição certa para eu beijar. Mordi com força seus mamilos e os puxei até ela gritar, minhas mãos apertavam sua cintura e eu sabia que a deixaria marcada.

Senti quando ela estava se entregando e se desfazendo, então eu também me deixei levar e sussurrei seu nome, ela também me chamou várias vezes e eu adorava ouvir meu nome sair daqueles lábios doces. Ela colocou sua cabeça no meu pescoço e eu fiquei passando meus dedos em suas costas nuas. Ela se encolhia e se apertava em mim, e, juro, eu estava ficando pronto para possuí-la novamente.

— Vamos tomar um banho? — ela perguntou e eu concordei. Levantei-me do sofá com ela no colo, levei-a até o banheiro, e somente lá a coloquei no chão. Fui encher a banheira e ela foi se limpar antes de entrar. Gi era minha, toda minha e toda maravilhosa.

Entramos, fiquei atrás dela, ela se encaixou em mim. Eu já estava pronto para ela. Só de sentir seu corpo gostoso grudado no meu, não dava para evitar.

— Então você, uma mãe exemplar, se livrou da nossa filha para ficarmos nos pegando aqui neste hotel? — falei, brincando com ela e mordendo sua orelha; ela começou e se mexer contra o meu corpo enquanto falava.

— Não sou tão exemplar assim. — Ela ria; ela sabia que era uma mãe maravilhosa; Gi me surpreendia por conseguir trabalhar e mesmo assim ser uma mãe tão presente, tão maravilhosa para Rafa; nunca estava cansada para ela; sempre deixava de fazer o que estivesse fazendo pela pequena furacão; sempre a ouvia com atenção mesmo que fosse somente blablablabla. Era incrível e eu tinha muito orgulho dela. — E, uma vez que nossa filha nos toma todo nosso tempo e eu quase não consigo aproveitar esse marido gostoso que eu tenho, não pensei duas vezes antes de deixá-la com a madrinha dela, a Duda.

— Ah, sim, obrigado. Só assim para você me falar onde largou nossa filha. — Ela riu novamente e seus movimentos estavam me deixando louco.

— Ela não está largada, está muito bem-cuidada, e, de preferência, já dormindo. Amanhã vamos ficar como zumbis atrás dela, já que esta noite não vamos dormir muito. Definitivamente não está nos meus planos dormir.

— Obrigado por hoje, meu amor — falei em seu pescoço.

— De nada, meu amor. Mas saiba que seu dia ainda não terminou, quero te sentir em mais alguns lugares do meu corpo. — Ela encostou a cabeça no meu ombro, dando acesso maior ao seu pescoço, eu comecei a chupar e morder imediatamente.

— Ai, Deus, adoro quando você fala assim, quero te ter inteira hoje — sussurrei e ela se virou para mim, passou as pernas por cima das minhas e nos encaixamos perfeitamente um no outro.

— Eu te amo, como nunca pensei que seria capaz. Obrigada por não desistir de mim, por não deixar o ódio se sobrepor ao amor que sentia, por não deixar que a mágoa por tudo o que eu disse prevalecesse entre a gente — ela falou, com os olhos marejados. Ela sempre falava isso pra mim, lembrando de como ela me magoou quando Rafael morreu.

— Meu amor. — Coloquei a mão em sua nuca e a puxei para mim. — Você é minha vida, sem você eu não sou nada. Como eu poderia deixar de viver uma vida tão plena e feliz ao seu lado por causa de coisas que foram ditas em um momento de dor? Eu não poderia, sou seu desde que coloquei os olhos em você pela primeira vez.

— Eu te amo, te amo, te amo — ela disse, enquanto me beijava.

— Eu também te amo muito, para sempre — eu disse, segurando sua nuca e posicionando seus lábios nos meus. Antes de nos beijarmos mais uma vez, ela disse, já ofegando.

— Para todo o sempre. — Sim, seria para todo o sempre.

— Agora vem cá.

Fim.

Agradecimentos

Meu primeiro agradecimento é, obviamente, a Deus, por ter me criado fantasiosa e cheia de ideias. Meu versículo da bíblia favorito é I Samuel 7.12 "Até aqui nos ajudou o Senhor", e, realmente, até aqui Ele me ajudou e sei que continuará ajudando.

Depois, quero agradecer a minha família, meu marido, que me aguenta até altas horas da madrugada escrevendo; meu filho querido, que me vê chorando quando estou escrevendo, fica preocupado e aceita a explicação de que estou escrevendo uma cena triste; minha pequena princesa, que é minha companheira e minha melhor amiga.

Agradeço aos meus pais, que me apoiam no que eu decidir para minha vida e me ajudam no que podem. Um agradecimento especial ao meu querido pai, Auir, que sempre, sempre está do meu lado nos meus sonhos. À minha mãe, que adora falar para os outros que a filha dela escreve livros. Amo vocês dois. Agradeço a minha querida prima e tia que me mostrou o quanto tenho interesse na leitura e escrita; aos meus irmãos e a todas as minhas tias e tios, primos e primas, cunhados e cunhadas, meu sobrinho e aos grandes amigos que me apoiaram, acreditaram e ficaram imensamente felizes com a realização deste livro.